히말라야와 정글의 빗소리

히말라야와 정글의 빗소리

2005년 5월 24일 초판 1쇄 인쇄
2005년 6월 4일 초판 1쇄 발행

지은이 | 최동호
펴낸이 | 孫貞順
펴낸곳 | 도서출판 작가
　　　　서울 서대문구 북아현3동 180-22 (우120-193)
　　　　전화 | 365-8111~2　팩스 | 365-8110
　　　　이메일 | morebook@korea.com
　　　　홈페이지 | www.morebook.co.kr
　　　　등록번호 | 제13-630호(2000. 2. 9.)

편집 | 손순희 김민정
디자인 | 오경은 박현경
영업 | 南鍾譯 설동근
관리 | 이용승

ISBN 89-89251-38-9

＊잘못된 책은 구입하신 서점에서 바꾸어 드립니다.
＊지은이와의 협의 하에 인지를 붙이지 않습니다.

값 9,500원

히말라야와 정글의 빗소리

최동호 산문집

작가

■ 머리말

시를 읽고 시를 만지고 살아 온 세월이 40여 년에 가깝다. 그럼에도 때때로 시에 머무는 시간보다도 좋은 산문에 눈길이 오래 남아 있던 순간들도 마음 저리게 떠오른다.

모처럼 좋은 산문을 만났을 때 나도 그와 같은 산문을 써보고 싶다는 유혹을 느끼는 동시에 다른 한편으로는 내 자신의 내면을 돌아보는 계기가 되기도 했다.

그동안 시나 비평적 산문으로 표현할 수 없던 글감들을 틈틈이 써 모아 여기에 수록하였다. 체험의 직접성이란 점에서 보다 나의 육성에 가깝지 않을까 생각한다.

문학을 지망하던 중학교 시절의 추억으로부터 최근 나의 발길이 머물렀던 시간과 장소에 대한 나름대로의 추억이 담겨 있어 책을 묶으면서 다시 읽어보니 나에게는 마치 살붙이와 같이 정겹게 느껴지는 부분이 더러 눈에 띈다.

　　산문집을 내면서 오히려 산문의 어려움을 느끼는 묘한 역설을 경험하지 않을 수 없었다. 여분의 시간에 부담 없이 읽는 독자들에게 가볍게 읽혀지면서 잠시 작은 미소라도 마음 한 켠에 스쳐가기를 바라는 마음이다.

　　추수하고 난 다음 마지막 이삭줍기까지 끝난 쓸쓸한 초겨울의 들판 같은 기분이 들어 봄날 환한 햇살 속에서도 어쩐지 스산한 기운이 감돈다.

　　이 책을 엮는 계기를 마련해 준 작가출판사 손정순 시인과 편집 과정에서 도움을 준 노춘기 시인에게 감사한다.

2005년 5월

최동호 씀

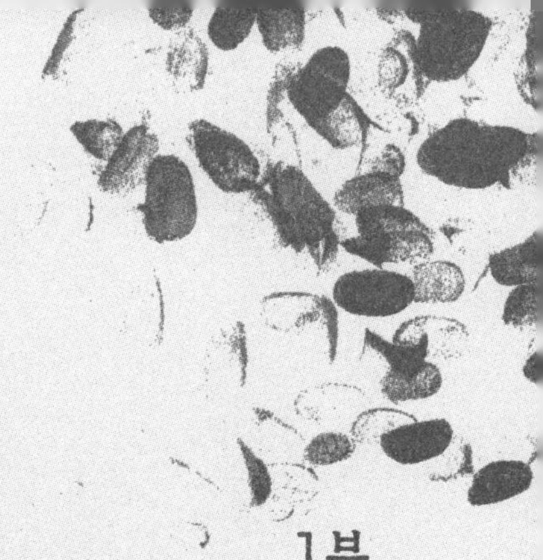

1부

아이오와의 황금빛 단풍잎과
황야의 은화 일 불

— 1992년 가을 시낭독회의 날을 회상하며

과거를 돌이켜보는 일은 모든 것을 아름답게 떠올리게 만든다. 때로는 고통스러웠던 일조차 아름답게 비춰지기 때문이다. 과거를 더 이상 아름답게 돌이켜볼 수 없는 사람에게 이상 미래가 남아 있지 않다고 말할 수도 있지 않을까. 영원히 시들지 않을 것 같은 황금빛 단풍나무와 밝게 빛나던 은화 일 불이 나에게는 아이오와의 추억을 아름답게 되살려 준다.

1992년 9월 1일 시더 래피즈 공항에 내리면서 나의 아이오와 생활은 시작되었다. 이른바 우물 안 개구리라고 할 수 있는 국문학도에게 첫 외국 경험은 매우 당황스러운 것이었다. 이상한 나라에 온 앨리스처럼 이 어리숙한 한국인에게 미국의 모든 것이 신기하고 낯설었다. 아마도 아이오와 대학 〈국제 창작프로그램(I.W.P)〉에 참석한 30여 개국의 대표들은 그들의 마음을 나에게 크게 열어주었겠지만 낯설음과 당황함으로 주눅든 나로서는 그 넓은 세계를 향해 나 자신의 마음을 쉽게 열 수는 없었다.

영어 이외의 말이 통하지 않는 이 모임에서 나는 일본인이거나 중국인으로 오해되기도 하였다. 때때로 이곳에 온 것이 너무 용감한 결단(?)이 아니었는가 남몰래 후회하기도 하였지만, 나에게는 오직 무소의 뿔처럼 앞으로 나아가는 길 이외에는 다른 어떤 선택의 길도 없었다.

한 달여의 불편한 생활을 감내하며, 겨우 조금씩 귀와 입을 여는 듯 싶을 때인 1992년 10월 3일 Sambaugh Honors House에서의 시 낭독 차례가 나에게 돌아왔다. 케냐의 인당 가시(Indang Gasi)와 이란의 파르시프르(Shahruoosh Pars pour) 세 사람이 같이 낭독하도록 일정이 짜여 있었다.

외국인 앞에서 하는 첫 발표였으므로, 아침부터 긴장된 마음으로 시간을 보내다가 저녁 7시경 발표장에 도착해 보니 조그만 가정집을 아름답게 단장한, 아마도 벽난로가 있는 것으로

보아 그 집의 거실이었던 것으로 짐작되는 아담한 방으로 우리 일행은 안내되었다.

이란의 여류시인은 특유의 의상을 입고 다소곳하면서도 분명하게 시를 읽었고, 케냐의 시인은 유창한 영어로 케냐인들의 고통을 호소하였다. 아버지와 아들의 관계를 빌어 케냐인들이 겪는 고통을 노래한 그의 시는 나름대로 인상적이었다.

이들에 이어 발표하게 된 내가 보여줄 수 있는 것은 무엇인가, 아마 미리 준비해 간 영어번역을 더듬거리며 읽는 것이 고작 내가 할 수 있는 정도였을 것이다. 그 때 내가 낭독한 시는 「여름날 강가에서」와 「이른 봄 國望峯에서」 등의 시였다.

짧은 시 몇 편을 더 읽었지만 그들에게 낭독으로 시적 효과를 전달하기 힘들다고 판단하여 비교적 긴 시를 택했다. 청중들이 약간 지루해한다는 느낌을 받으니 더욱 긴장하지 않을 수 없었다. 시를 읽는 나의 목소리는 흥분에 떨고 있었지만 듣고 있는 사람들의 시선과 눈빛에서 어쩐지 나의 시 읽기가 겉돌고 있는 것이 아닌가 하는 느낌을 지울 수 없었다.

이러한 반응을 예상하고 미리 울프(Geoffrey Woolf)라는 미국인 조교에게 영어로 번역된 시 낭독을 부탁했었다. 그가 나도 잘 알아 들을 수 없는 이방의 목소리로 나의 시를 유창하게 읽었다. 조금 반응이 있는 것 같았다.

약간 마음의 여유를 되찾은 나는, 마지막으로 나의 모국어인 한국어로 시를 읽어 보겠다고 제안했다. 강약의 흐름을 나름대로 조절하며 긴장된 마음으로 시를 읽어 내려갔다.

과연 이들에게 어떤 느낌을 전달할 수 있을까. 아이오와에 도착한 날부터 계속되는 의문 또한 바로 이것이었다. 문화와 인종과 국가가 다른 이들이 서로 만날 수 있는 장은 오직 영어와 몸짓뿐이 아니었던가.

그러나, 시 읽기를 다 마치자 약간의 술렁임이 느껴졌다. 그들 대부분에게 생소한 한국어의 시 읽기가 무언가 알 수 없는 시적인 어떤 느낌을 전달했던 것이다. 물론 인쇄된 번역문이 있었고, 모국어 낭독자의 유창한 낭독이 전제되어 있었지만, 그들에게는 원어인 한국어로 읽힌 시 읽기가 훨씬 시적인 느낌으로 전달된 것이다.

시 읽기가 끝난 다음 간단한 다과회가 있었다. 몇 사람은 그렇게 아름다운 모국어를 한국인이 가지고 있다는 것을 몰랐다는 등의 관심을 표명하였고, 어떤 여류시인은 내가 쓴 시와 같은 감정을 자기도 느낀 적이 있다고 말을 걸어왔었다.

물론 나는 케냐의 인당 가시에게 당신의 유창한 영어 실력에 놀랐다고 말했지만, 그에게서 자신의 모국어를 이런 자리에서 말할 수 없음에서 오는 쓸쓸한 빛이 얼핏 스쳐가는 것 또한 보지 않을 수 없었다.

이날 밤 내가 느낀 것은 다음 두 가지이다.

하나는 미국 생활에 적응하는 데 나를 그렇게 불편하게 만들었던 모국어가 매우 자랑스럽게 느껴졌다는 점이다. 아직도 세계 도처에는 한국이 일본어나 중국어를 사용하고 있는 속국에 불과한 것으로 생각하는 사람들이 상당수 있는 것이 사실이다. 문화의 독자성이 우리를 참으로 살아 있도록 만든다는 것을 통해 멀리 있는 조상들의 정신적 뿌리가 그 어느 때보다 가슴 깊이 다가왔다는 것은 그동안 겪었던 낯선 생활에 대한 그 나름의 보상이었다고 생각되었다.

다른 하나는 그들이 나와 같은 시적 감정을 공유하고 있다는 점이다. 인류가 하나라고 하는 것은 이상적인 목표에 불과한 것이 아닌가 막연하게 느끼고 있었던 바이지만, 오히려 이질성 속에서 근원적인 동질성을 찾을 수 있다는 것이 문화의 힘이며 시의 힘이라는 사실이 나에게는 놀랍게 느껴졌다.

나의 시 낭독을 참관하기 위해 당시 감리교 아이오와 한국인 교회에서 송성진 목사를 비롯한 몇 분이 참석해 주었다. 나에게 용기와 격려를 주기 위해서였다. 그들 또한 친근하게 다가와 한국어로 쓰여진 시가 많은 외국 시인·작가들 앞에서 당당하게 읽힐 때 자랑스러움을 느꼈다며 기뻐해 주었다.

이날 밤 시 낭독회를 통해서 비로소 다른 참가자들과 나 사이에 있던 마음의 벽이 조금은 무너졌던 것 같았다. 그들이 친근하게 말을 걸어오기 시작했다. 아직은 불편한 부분이 많이 남아 있지만 그들과 보낼 앞으로 두 달여의 생활에서 무엇인가 기대 이상의 소득이 있을지도 모른다는 생각이 들기 시작한 것도 이날 밤이 처음이 아니었을까 기억된다.

앞날에 대한 새로운 기대와 알 수 없는 조바심! 아이오와로 출발하기 전에 조용히 인편으로 커다란 일 불짜리 은화 한 닢을 보내 주신 어느 선배 문인의 마음이 내게는 부적처럼 만져졌다. 황야의 은화 일 불! 이것은 마카로니 웨스턴이 아니라 너 자신을 잘 지키라는 메시지일 것이다.

물들기 시작하는 아이오와 가을밤 싱싱한 은행나무가 내뿜는 청량한 대기를 가슴 깊이 들이마셨다. 아이오와에서 가을을 지낸 사람은 끝내 아이오와의 가을을 잊지 못한다고 한다. 넓고 넓은 벌판, 눈 끝이 가 닿은 지평선 저 멀리까지 옥수수밭이었다.

바다와 같이 망망한 옥수수밭에서 내가 집어 올릴 수 있는 것은 수확하던 트랙터가 넓은 들판에 실수로 버려 둔 옥수수 하나 정도가 아닐까. 아니 그 하나가 나의 전부일지도 모른다. 6·25 직후 50년대 후반 먹을거리가 없던 피난민들을 위해 구호식품으로 국민학교 운동장에서 나누어주던 옥수수죽의 본고장이 바로 지금 내가 발 딛고 있는 아이오와였다.

참담한 전후의 현실에서 스스로도 알 수 없는 굶주림으로 아무것도 모르고 문학이라는 망망한 대해로 나아가고자 했던 한 고독한 소년의 원점에 아이오와의 옥수수밭이 펼쳐져 있었다.

그리고 30여 년 후 세계 각국에서 온 수많은 시인·작가들 앞에서 두렵고 떨리는 목소리의 시 읽기가 있었던 것이다. 숙소로 돌아오면서 보았던 하늘의 별들이 황야의 은화처럼 반짝였다. 무슨 까닭이었을까. 해마다 시월 초 쓸쓸한 바람이 불기 시작할 무렵이면 영원히 시들지 않을 것 같은 황금빛 단풍나무와 더불어 아이오와의 일들이 아직도 내 마음의 앨범을 새로이 펼쳐들게 만든다. 황야의 은화 일 불 또한 지금까지도 차가우면서도 따뜻하게 내 마음 속에서 반짝인다.

《라뺄륨》 1996년 겨울)

히말라야와 정글의 빗소리

— 시적 신성성과 매혹

어둠이 언제 가셨는지 모르게 날은 밝아 있었지만, 빗방울 소리가 온 세상의 나뭇잎들을 적시고 있었다. 수많은 빗방울을 온 몸으로 받아내며 나뭇잎들이 수런거리는 소리가 감긴 눈꺼풀 위에 떨어지고 있었다. 갈대 지붕에 나무로 만든 오두막집에 떨어지는 빗소리는 부드럽고 감미롭게 스며들었다. 시멘트 벽과 아스팔트 길에서 느껴지는 빗소리와 아주 다르게 속 깊이 부딪치며 스며드는 빗방울 소리들의 촉감은 어린 날의 아주 멀고 오랜 추억에 생기를 불어넣어 주는 것 같았다.

지난 3일 동안 다리에 뭉쳐 있던 피로가 빗방울 소리에 조금

씩 녹아 사라지고 있었다. 의식의 가사상태에서 이 수많은 소리들이 무엇을 말하는가 귀기울여 보았다. 이 소리들의 배면에는 이틀 전 산 너머 저쪽에서 보았던 히말라야의 영봉들이 어슴푸레하게 깔려 있었다. 꼬박 이틀 동안 열대의 정글을 헤치고 걸어 올라가 푼힐(Poon Hill) 전망대에서 보았던 다울라기리, 안나푸르나, 마차푸차레 등의 히말라야 산봉우리들은 자연의 장관이 무엇인지를 보여 주었다. 우뚝 선 지구의 높은 콧날같이 날카로운 다울라기리와 범접을 불허하는 신비감을 감싸고 있는 마차푸차레, 그리고 절대의 창조주가 신검을 휘둘러 창조의 위대함을 한 획으로 치솟게 한 안나푸르나는 서로가 서로의 위용을 응시하면서 스스로 매혹된 신의 걸작을 연출하듯 거대한 풍경을 눈앞에 드러내고 있었다.

　웅장한 자연은 사람들로 하여금 탄성도 제대로 지를 수 없게 만들었다. 신성한 풍경은 이기적인 인간에게 오래 보여질 수 없다는 듯 산봉우리를 가리우는 구름이 지나갔다. 그럴수록 우리는 만년설에 뒤덮인 산봉우리들이 구름의 베일 뒤에서 우리를 부르고 있는 것이 아닌가 하는 어떤 유혹의 목소리에 사로잡히지 않을 수 없었다. 산이 나를 부른다는 어떤 매혹이 사람들로 하여금 목숨을 걸고 험난한 산에 오르게 할 것이다. 이 매혹에 한번 사로잡히면 도저히 뿌리칠 수 없는 이끌림이 그들을 끌어당기는 것이 아닐까.

산이 정녕 인간을 부르는 것은 아닐 것이다. 인간이 산을 부르는 것이리라. 인간의 내면에 산을 부르는 어떤 목소리가 산봉우리에 부딪쳐 메아리처럼 멀리서 울려오는 것이 아닐까. 산은 언제나 거기에 있을 뿐이다. 산을 향해 움직일 수 있는 것은 인간이다. 그 인간의 마음이 산의 목소리에 응답할 때 어떤 반향이 일어나는 것이리라.

오래 전부터 내가 품고 있던 의문 중의 하나는 석가모니가 왜 설산고행을 거친 다음 깨달음을 얻었는가 하는 점이었다. 이번 여행에서 알게 된 새로운 사실은 많은 사람들이 히말라야를 연상할 때 만년설을 먼저 떠올리지만, 그 설산에 오르기 위해서는 거머리가 차가운 물방울처럼 나뭇잎에서 툭툭 떨어져 내리는 열대 정글 지대를 통과해야 한다는 것이었다. 거머리가 피를 빨아 당나귀들이 돌계단에 떨어뜨린 핏방울 자국을 보며 우리는 산정으로 가는 구절양장의 기나긴 길을 걸었다.

만년설과 열대우림의 양극에 석가모니가 깨달은 마음의 비밀이 있는 것이 아닐까. 인간적 성숙을 위해 가족을 떠나 정글 속에 들어가 몇 년씩 생활하는 것은 네팔인들에게는 자연스러운 일이라고 한다. 석가모니의 출생지인 룸비니가 네팔의 남쪽에 있다는 것 또한 나에게는 새로운 사실이었다.

네팔인들이 석가모니가 네팔사람이라 생각한다는 것은 한 쪽으로는 인도와 다른 한 쪽으로는 중국과 같은 거대 제국과 국경을 맞대고 있는 약소국 네팔인들의 영적 자부심의 표현일 것이다. 룸비니에서 태어나 인도에서 수행하고 다시 설산에 돌아와 고행한 다음 깨달음을 얻은 석가모니의 마음 속에는 히말라야의 정결한 영봉들이 있었기 때문이 아닐까. 지극함의 극단에까지 나아갈 수 있었던 것은 바로 만년설이 지닌 영적 위대함 때문이리라.

설산 고행이 없었다면 석가모니의 고행 또한 범박한 것에 지나지 않았을지 모른다는 것은 나의 어리석은 판단일까. 그러나 아침 햇빛을 받아 눈부신 빛을 발하고 있는 히말라야의 설산들을 바라보는 순간 인간에게 지고함을 깨닫는 영혼이 있다면 이 웅장한 산봉우리들이야말로 그것을 깨닫게 해주는 결정적인 증거라는 충격이 둔중하게 가슴을 쳤다.

몇 해 전에 인도를 여행하다 갠지스강에서 붉은 해가 떠오르는 새벽을 맞이해 본 경험이 있다. 적갈색의 혼탁한 물에서 한 쪽에는 수많은 사람들이 목욕하고 예배드리고 다른 한 쪽에서는 불태워져 흘러가는 것을 가슴 저리게 바라보았던 것이다. 그 때 느꼈던 것은 소유와 집착이란 무엇인가 하는 것이었다. 생에 집착하고 편견을 강요하며 더 많이 소유하기 위해 아귀다툼을 벌이는 삶의 현장에 서 있던 나를 돌이켜보지 않을 수 없었다. 불태워져 한 줌의 재가 되어 흘러가는 육신의 삶이란 얼마나 허망한 것인가.

그 여행에서 돌아온 다음 사람들에게 말했다. 죽고 싶은 충동이 일어나거나 세상이 원망스럽게 느껴진다면 갠지스강에 가서 마지막 하룻밤을 지새워보라고. 그 때 새벽길을 동행했던 일행 중의 한 분이 이성선 시인이었다. 우리는 시의 정신성에 대해 이야기했고, 그가 쓰고 있던 산시에 대해서도 솔직한 의견을 나누었다. 그리고 언젠가 이 강을 거슬러 올라가 히말라야까지 가보자고 약속했었다. 그러나 약속이 자꾸 미루어지던 중 그는 몇 달 전에 고인이 되어 버렸고, 나만이 홀로 히말라야의 산들을 눈앞에 두고 있으나 바로 볼 수 없어 머리 숙여 발 밑의 작은 풀꽃들을 바라보게 되었으니 이 또한 무슨 생의 아이러니일까. 내가 제대로 볼 수 있는 것은 발 밑의 작고 하얀 들꽃들뿐이었다. 이처럼 벼르고 벼르다가 이루어진 히말라야행은 지고한 것과 신성한 것에 대한 시적 동경을 확신시켜 주는 계기를 나에게 던져주었다. 우리 일행 모두 설레는 마음을 가라앉힐 수 없었다. 바쁘게 사진을 몇 장 찍는 것으로 해결되지 않는 흥분과 감동이 가슴을 꽉 채우고 있는 것 같았다.

소리 지르고, 박수 치고, 낄낄대 보아도 풀리지 않는 들뜬 감정들이 사람들의 발걸음과 말소리와 얼굴빛에 나타나 있었다. 그리고 그들의 눈빛에서 이상한 새로움이 빛나고 있었다. 사람들은 지금까지 그들이 무엇을 어떻게 생각하고 살아왔든 이 지고한 순간에는 모두 하나가 되는구나. 어제 밤 늦게까지 잠을 이루지 못하던 일행들 사이에 있었던 작은 소란과 갈등은 씻은 듯 사라지고, 천진한 아이와 같은 환호작약의 순간만이 이틀에 걸친 고된 산행의 절정을 한껏 기쁘게 만들어 주었다.

새벽녘 내리기 시작한 굵은 빗방울들은 모두를 다독이고 있었다. 눈 감고 듣고 있던 나는 조용히 눈을 뜨고 밝아오는 새벽녘 나무들을 바라보았다. 물기에 젖은 나뭇가지들은 연약하지만, 기쁜 듯 나뭇잎들을 흔들어 보여주었다. 새파란 나뭇잎이 툭툭 맑은 물방울을 떨어뜨리는 것을 바라보면서 오래 전부터 가지고 있던 또 하나의 화두를 떠올려 보았다. "밀림 속에서 길을 잃은 자는 북소리를 따라가지 말고 북 치는 사람을 찾으라.

그렇지 않다면 영영 밀림에서 헤어나오지 못할 것이다." 대학 시절 《우파니샤드》에서 읽었던 어떤 구절이다.

왜 북소리를 쫓아가면 안 되는 것일까. 정글에 가보지 않았으면 그 뜻을 알 수 없었던 것일까. 정글의 빗소리들이 수만 수천의 해답을 나에게 알려 주는 듯했다. 정글 속에서 고행하던 석가모니도 이 소리들을 들었을 것이다. 북소리는 멀리서 아련하게 울렸고 빗방울 소리는 가깝게 다가와 내 마음 속의 막혀 있는 곳을 뚫어주는 것 같았다.

어제 저물녘 숲 속에서 코끼리를 타고 가면서 보았던 코뿔소나 깊은 밤에 보았던 달팽이 한 쌍도 내 머리를 스쳐갔다. 두리

번거리며 주춤거렸던 까닭에 적갈색으로 침전되던 세월의 물살들이 명료하지 않은 의식의 저편으로 느리게 감겼다 풀리면서 빗방울 속에 용해되어 나뭇잎과 대지를 적시고 있었다. 내가 덮고 있는 담요들은 그동안 나를 겹겹이 감싸고 있던 허물과 같았다.

깨어나라.

네 자신의 마음속에서 비밀을 찾아라.

지고한 것도 누추한 것도 다 인간의 마음속에 있는 것이 아닌가. 그러나 인간의 마음은 육신을 집으로 하지 않으면 존재할 수 없다는 것이 생의 비애가 아닐까. 히말라야의 영봉들은 그들을 향한 하나 하나의 발걸음이 없다면 도저히 가까이 갈 수 없는 대상일 것이다. 하나의 발걸음에 시작이 있고 끝이 있다. 돌계단에 핏방울을 뿌리며 주인을 따라 당나귀들도 이 산길을 오르내리지 않는가.

북소리를 쫓아 밀림을 헤맬 것이 아니라 인간의 마음속에 잠재한 소리의 근원을 찾으라는 것이 옛 《우파니샤드》의 가르침이리라. 웅장한 산들의 신비에 매혹되는 것도 인간이고, 또 자신의 삶에 수많은 의문을 던지는 것도 인간이다. 방황하고 길을 잃는 것도 인간이다. 삶에 대한 매혹이 없다면 인간에 대한 매혹도 없을 것이요, 시에 대한 매혹도 없을 것이다. 매혹은 정열이요 또한 의문이다. 끝내 길을 잃은 자도 있지만, 잃었던 길을 찾는 자도 인간이다.

석가모니가 인생의 근본 문제에 대한 의문을 풀었다면 그것은 히말라야에 대한 매혹과 영적 신비가 가슴 속에 살아 있었기 때문이 아니었을까. 누추한 삶에도 불구하고 맑고 푸른 눈을 지닌 히말라야 고산족들의 얼굴이 떠올랐다. 문명에 때 묻지 않은 그들의 눈동자는 인간에 대한 외경을 새삼 깨닫게 해주었다. 석가모니는 히말라야의 높은 산봉우리 같은 맑고 큰 눈을 가진 영적 존재가 아니었을까. 인간들이 기리는 근원으로서의 여성성에도 생명을 매혹시키는 크고 그윽한 눈동자가 영혼의 호수와 같이 잠겨 있는 것이리라. 문명이란 인간의 탐욕을 만족시키기 위해 자연을 파괴하고 이기심만 팽창시키는 거대한 괴물이 아니겠는가.

휘황한 서울의 밤거리가 얼비쳐왔다. 나의 시 또한 언제 설산과 같이 맑고 큰 눈을 가질 것인가. 정글의 북소리만 뒤쫓아 밀림을 헤매고 살아왔던 것 같은 지난 30여 년의 세월이 내 의식의 배면에 깊게 자리잡고 있는 것 같아 다시 눈을 감았다. 한밤중 불빛이 없는 어둠 속으로 걸어 나갔던 내가 잘못 든 길에서 잠시 앞을 가로막았던 한 쌍의 달팽이들은 느린 걸음으로 숲 속의 어디로 가고 있었던 것일까. 어쩌면 그들에게도 생의 목표가 있었는지도 모른다.

빗소리가 그친 다음 치투완 국립공원의 오두막집은 적막했다. 맑은 공기가 손에 잡힐 것같이 투명한 오솔길을 걸어 안내소에 가 물었더니 우리 일행들은 벌써 지프를 타고 더 깊은 숲 속으로 떠났다고 했다. 새벽녘부터 빗소리를 같이 듣고 있던 신덕룡 교수에게 함께 숲 속 길을 걷자고 했다. 히말라야의 산길 숲 속의 오래된 흙처럼 썩은 나무의 향기가 코끝을 찌르는 정글의 길이 내 앞에 열려져 있었다. 멀리 다울라기의 코끝을 스친 만년설의 향기가 정글의 숲에서 아련하게 느껴졌다.

(시집 『공놀이 하는 달마』(2002)에서)

모래 사막 속으로

동경에서 1995년 겨울을 보내며 바쇼를 읽던 시절이 내 삶의 저 편에서 오래된 책의 페이지처럼 퇴색해버린 듯 느껴지던 1999년 9월 나는 봄부터 벼르던 대로 UCLA로 떠났다. 떠나겠다고 벼르면서도 이 일 저 일에 속박되어 있던 나는 갑작스런 아버님의 죽음으로 인해 서둘러 장례를 치르면서 미국행 또한 재촉한 것 같기도 하다.

누구에게나 속박으로부터의 탈출은 즐거운 것인 동시에 어딘지 모르게 불안감이 서린 것일 수밖에 없다. 미국에서 내가 해야 할 일은 아무것도 없다. 내가 할 일이란 그저 천천히 대학 구내나 어슬렁거리다 박물관이나 가보고, 또 심심하면 바닷가나 가보는 정도라고 다짐했다.

그러나 갑자기 주어진 자유와 처리하기 힘든 그 방만한 시간을 어찌할 것인가. 나는 습관처럼 아침 9시에 숙소를 떠나 도서관으로 향했고 저녁 6시까지 이 책 저 책 살피면서 시간을 보냈다.

동양학 도서관에 쌓인 중국과 일본의 고서들, 그리고 분류하기 어려울 정도로 각국에서 출간된 많은 사전들을 들춰보는 것이 나의 일이었다. 그러다가 심심하면 쓰다가 만 내 시의 초고들을 다듬었다. 그래도 시간이 남으면 정지용의 시들을 처음부터 꼼꼼히 읽기 시작했다.

집중하는 시간보다 한눈 파는 시간이 더 많았다. 책 속의 내용보다는 창 밖의 풍경에 더 자주 눈길을 주었다고 해도 과언이 아니다.

햇빛 밝은 날의 점심 시간은 그야말로 축복의 순간이었다. 비 오는 저녁은 잠잘 곳을 정하지 못한 여행자처럼 우울한 눈길로 어두워지는 창밖을 바라보기도 했다. 단조롭고 기계적인, 그리고 약간은 외로운 자기 모색의 생활에서 얻은 나의 결론은 다음 두 가지였다. 하나는 인간의 그 모든 지적 노력은 책으로 돌아간다는 것이고, 다른 하나는 그동안 씌어진 나의 시나 비평이 모두 성급하게 쓰였다는 자각이었다.

도달할 수 있는 마지막 지점까지 나아가지 못한 글들은 그 어떤 것도 쓰레기에 지나지 않는다는 느낌이 들자 도서관에 소장되어 있는 책들이 그 나름의 생명력을 가지고 살아 숨쉬고 있다는 느낌이 들었다. 살아 있는 책과 죽어 있는 책들이 아직도 치열한 경쟁을 계속한다는 것은 나에게 심한 피로감과 무력감을 불러일으키기에 족한 것이었다.

내가 쓴 책이 몇 권이나 이 곳에 소장되어 있는가 하는 생각은 어리석고 치졸하기 짝이 없는 헛된 호기심에 불과한 것이었다.

매일 아침 마치 동화 속 나라처럼 아름답게 정원을 가꾸어 놓은 집들을 지나 학교로 향하던 길에 익숙해질 무렵 나뭇잎 떨구고 있던 정원수들이 기다리고 있던 봄이 오고 있었다. 때 이른 꽃들은 각각의 색깔로 피어나기 시작했다. 붉게 피어난 자목련을 보면서 멀리 바다 건너 한국에도 봄이 오고 있을 것이라고 생각했다. 하얗게 피어난 매화꽃들은 미지의 어떤 나라를 가고 싶다는 충동을 불러일으켰다.

2월 하순 일주일 동안 한국으로 돌아가기 직전까지 망설이며 실행하지 못한 사막을 여행하기로 했다. 지난 석 달의 단조로운 생활을 떨쳐버리기·위함이었다. 마침 한국학 대학원에 다니는 정홍준 박사가 동행하기로 해 용감하게 사막을 횡단하기로 한 것이다.

LA를 출발해서 데스 벨리, 레드 락, 세도나, 아리조나, 네바다, 그랜드 캐년, 조시아 트리 국립공원을 잇는 대략 2,000마일의 대장정이었다. 모래 사막에서 캠핑을 하고 때로는 밥을 지어먹고 때로는 빵으로 끼니를 때우고 때로는 밤 12시를 넘기면서 달빛 속을 달리기도 했다. 잘못 들어선 길에서 빠져나갈 수 없을 것 같은 막막한 심경으로 달리기도 했다. 불빛에 대한 그리움은 그리움을 스스로 일깨울수록 간절하게 깨어났다. 겨울 사막의 황량한 풍경들은 살아 있다는 것이 무엇인지 그 무의미한 세계 속으로 한없이 우리를 달리게 만들었다.

겨울 사막에 떠 있는 무수한 별들이 우리가 잠들어 있는 텐트 밖에서 우리에게 무엇인가 말을 걸다가 피곤에 지쳐 잠든 우리

를 등 뒤에 두고는 지평선 저쪽으로 떨어져 내렸다.

이른 아침 황량한 사막에서 그 별을 주우러 걸어 나갔지만 내가 본 것은 지평선 위로 떠오르는 붉은 해가 모래 사막을 붉게 물들여 죽어 있는 것 같던 대평원을 거대한 태양의 궁전으로 만드는 찬란한 풍경이었다. 일주일 동안 그저 사막을 달렸을 뿐인데 마치 무엇인가 커다란 전리품을 얻고 귀환하는 것과 같은 감흥을 갖고 돌아왔다. 그것이 무엇일까, LA 상공을 치솟아 한국으로 돌아오는 비행기 속에서 곰곰히 생각해 보았다.

메마른 사막의 모래알처럼 모든 것은 부질없다. 무엇에 쫓기고 무엇에 집착한다는 것이 얼마나 어리석은가. 사막의 모래알은 한 마디 말도 없다. 그저 모래알일 뿐이다. 메마른 사막은 때로 메마른 사막만이 아님을 가르쳐 주었다.

조급증에 시달리던 나에게 갑자기 모래알처럼 많은 시간이 허여되는 것 같았다. 그동안 마음 한구석에서 나를 속박하던 집착과 강박감들이 부서져나가는 것 같았다.

모래 바람이 일어나는 저편에서 모래 사막을 걸어가는 아버지의 환영이 보였다. 모래 사막 속에서 나는 그 길을 걸어 600년 전 집현전 학자 출신이었던 우리 집안의 먼 조상 할아버지를 따라가 보았다. 빛 바랜 족보 속에서 생이 죽음으로 나아가고 죽음이 생으로 이어지는 길다란 인연의 길을 걸어 나왔을 때 아버지는 내가 되었다. 어린아이인 내가 젊은 날의 당당하던 아버지 모습에 겹쳐지다가 다시 돌아가시기 직전의 늙고 쇠약한 아버지의 모습이 떠올랐다. 애증으로 얼룩진 과거를 무로 씻어버리는 메마른 모래 한 줌이 햇빛 속으로 불쑥 튀어나온 내 손에서 부스러져 내렸다. 오직 앞으로 걸어 나갈 뿐이다.

모래 사막을 걸었을 때 발걸음에 부딪쳐오는 모래알들의 부드러운 촉감을 느끼게 하는 무한히 맑고 청량한 바람, 그리고 환하게 빛나는 무공해 햇빛 등등이 한국으로 돌아오는 내 마음을 상쾌하게 만들어 주었다.

작은 일에 집착하지 않기로 하자. 시간에 쫓기는 강박감을 던져 버리자. 자유로운 시간, 무한한 가능성, 그것은 바로 모래 사막이 나에게 가르쳐 준 무언의 교훈이었다.

내가 돌아올 때 가지고 온 것은 첨삭하다 만 시 원고 한 묶음 그리고 머리 속에 담긴 한두 가지 비평적 아이디어가 전부였다. 초조할 것도 없고 서두를 것도 없다는 마음의 여유를 가질 수 있게 된 것은 지식을 가르치는 책에서는 배울 수 없는 것이 아닐까.

돌이켜보면, 지난 10여 년간 나의 공부나 학문적 성과에 비해 과분한 평가가 주어져 왔다. 때로 그것이 자랑스럽기도 했지만 때로 그것은 무거운 짐이 되기도 했다. 나의 활동을 눈여겨보아주고 배려해주신 분들에게는 그지없이 고마운 마음을 갖고 있지만 지나친 평가는 또 다른 족쇄처럼 나를 압박했던 것이 사실이다. 오직 나 자신에 충실하고자 할 뿐이다.

해발 3,000m 이상의 장엄한 모래산 속으로 달려 들어갈 때 우리 인간은 물론이고 우리가 탄 12인승 윈드 스타(Wind Star) 또한 모래알처럼 작은 존재에 불과한 것이었다. 그럼에도 불구하고 망망한 모래 사막의 세계에는 메마른 모래가 머금고 있는 것만큼의 무한대의 희망이 담겨 있지 않을까.

그 희망의 길은 실오라기와 같은 것이리라. 새로 걸어가는 길은 언제나 실오라기이다. 지금까지 다른 분들이 보여준 기대에 조금이라도 보답하는 것은 이 실오라기의 길을 마지막까지 가는 것이다.

UCLA 도서관의 먼지 쌓인 책 무더기에서 우연히 보았던 B.C 3000년의 갑골문자나 진나라 시대의 전각 도장 글씨의 아름다움이 가슴 저미도록 붉게 황혼의 모래 사막에 새겨진다.

(《문학과의식》 2000년 여름)

고등학교 국어시간, 한용운과 만나다

한용운의 시 「님의 침묵」을 처음 접한 것은 1964년 가을이었다. 지금으로부터 40년 전이고, 나로서는 박박머리 양정 고등학교 2학년 때였다. 분명하지는 않지만 어느 국어시간, (아마도 이명복 선생님 시간이 아닐까 싶은데) 교과서에 수록된 한용운 선생의 시를 배울 시간이었다. 무엇인가 노트에 필기하거나 선생님의 말씀을 경청하려던 우리에게 선생님은 누가 이 시를 암송할 수 있는 학생이 있느냐고 질문했다. 우리들은 조금 당황하지 않을 수 없었다. 시험문제 풀이 위주의 수업에 익숙해 있던 우리에게 시를 암송한다는 것은 이례적인 일이었고 잘못하면 시간 낭비일 수도 있었기 때문이다.

모두가 이 갑작스런 요구에 침묵을 지키고 있는데, 한 학생이 일어나서 한용운의 시를 당당하게 암송했다. 그것이 바로 「님의 침묵」이었다. 그의 암송은 나에게 커다란 충격이었다. 인생이란 무엇인가. 삶이란 무엇인가 또는 죽음이란 무엇인가라는 관념적 회의에 빠져 있던 나에게 그가 암송하던 시 구절들은 신선한 감동을 불러일으켰다. '님은 갔습니다. 아아 사랑하는 나의 님은 갔습니다. 푸른 산빛을 깨치고 단풍나무 숲을 향하여 난 작은 길을 걸어서 차마 떨치고 갔습니다.' 중간중간 머뭇거림과 약간의 혼란은 있었지만 그가 암송을 다 끝내자 교실 안은 종전에 보지 못한 침묵이 감돌았고, 그 다음 조심스러운 경탄의 술렁거림이 일었다.

그 당시까지 나는 문학보다는 역사나 철학에 더 많은 관심을 가지고 있었다. 시골에서 중학교를 졸업하고 서울로 고등학교를 진학한 나에게 모든 것이 낯설었다. 그런 까닭에 키에르케고르의 『죽음에 이르는 병』이나 토인비의 『역사의 연구』와 같은 저서를 읽느라고 골몰하던 시절이었다. 그러나 문득 삶이란 무엇인가 하는 질문이 스쳐가기도 했다. 암송되는 「님의 침묵」을 들으면서 철학이나 역사와는 달리 시는 구체적이며, 살아 있는 인간의 숨결을 전해주는 것이라는 생각이 들었다. 지금 여기에 살아 있다는 것은 어떠한 절망이라도 희망으로 바꿀 수 있는 시적인 것이어야 하며, 삶의 의미는 이 시적인 것이 지니는 창조적인 힘에 의해 살아 있는 것은 아닌가 하는 느낌이 내 마음속에 님의 침묵처럼 맴돌았다. 그날 점심시간 나는 손기정 선수가 올림픽 마라톤 우승 기념으로 독일에서 받아와 심었다는 월계수를 혼자서 바라보며 여러 가지 새로운 상념에 사로잡히지 않을 수 없었다.

그것은 나에게 새로운 세계의 발견이었다. 나 자신을 돌이켜보았다. 센티멘털한 감정의 유치한 표현이라 생각하던 김소월 시를 다시 읽으면서 수많은 시집을 읽고, 그 느낌을 몰래 일기장에 써보며 앞으로의 전공을 문학으로 바꿔야겠다는 마음을 굳히기 시작했다. 물론 1960년대 초반 한국의 궁핍한 사회 경제적 상황으로 보아 문학을 전공하고 그 중에서도 외국문학이 아닌 국문학을 하겠다는 것은 장래를 기약할 수 없는 선택이라는 일반적인 통념으로 인해 대학 진학원서를 쓰는 데 많은 어려움을 겪었다. 같이 공부하던 많은 동급생들이 처음 예정을 바꾸어 학과를 정하는 데 현실적인 타협을 했지만 나는 끝내 처음부터 정한 국문학을 하겠다는 나 자신의 포부를 스스로 꺾을 수 없었다.

가족들의 강경한 반대는 물론, 정말 국문과를 가겠느냐는 담임 김봉한 선생님의 반문은 지금도 뇌리에 생생하다. 그만한 성적으로 하필이면 왜 국문과를 가느냐는 것이었다. 문학을 제대로 하려면 법과나 영문과보다는 국문학을 해야 한다고 믿었고 대학에 입학한 나 스스로는 자신의 판단에 흔들림이 없었지만, 내가 처한 사회현실과 개인적인 희망 사이에는 많은 괴리가 있다는 것을 깨달은 것은 대학생활을 시작한 다음이었고 대학 졸업 후에도 상당기간 그 괴로움을 뼈저리게 느끼지 않을 수 없었다. 그럼에도 불구하고 대학도서관의 한 귀퉁이에 틀어박혀 당시 고려대학교 중앙도서관에 소장된 시집들을 거의 다 독파하여 도서 대출증이 새까맣게 너덜거리던 것이 대학 2학년까지의 나의 일과였다. 고독하지만 개인적으로는 한없는 꿈으로 충만된 시기가 아니었던가 기억된다.

조금씩 시를 익히게 되면서 한용운 시가 지닌 장단점은 알게 되었으나, 한용운의 시가 지닌 사상적 깊이 같은 것은 도저히 뛰어넘을 수 없는 거대한 산맥처럼 느껴졌다. 당시 우람한 산맥처럼 숭앙하던 시인 조지훈 선생님이 1968년 대학 3학년 때 작고하자 시를 쓰거나 시를 공부하겠다던 나는 잠시 방향을 찾지 못하고 막막한 심정에 빠지게 되었다. 독서서클 〈호박회〉 지도교수였던 불문과 강성욱 교수는 그때 잡박한 나의 이야기를 경청해준 유일한 선생님이었고, 그 후 오랫동안 나 자신이 흔들릴 때마다 나를 지켜주는 커다란 힘이 되신 분이었다.

때마침 좋은 도피처가 있었다. 군복무가 바로 그것이다. 철책선 비무장지대에서 틈틈이 시작노트를 쓰면서 흘러가는 바람과 떠가는 구름과 함께 북녘 하늘을 망연히 바라보며 밤낮을 병사들과 함께 뒹굴며 한 시절을 지냈다.

군에서 돌아와 잠시 출판사 민중서관 편집부에 근무하다 적성에 맞지 않아 그만두고 애초의 목표대로 대학원에 진학하였으나 문학에 골몰하기보다는 역사책이나 철학책을 두루 섭렵하듯이 읽었다. 내가 석사논문을 쓰던 1970년대 초반에는 10월 유신 등의 사회적 영향으로 독립운동가이기도 했던 한용운 연구 붐이 일고 있었다. 『한용운 전집』(1973)이 간행되었고, 한용운 시 전편에 대한 송욱 교수의 해설집이 나오게 되었다. 이 무렵 강성욱 선생님을 통해서 알게 된 서울대 불문과 김붕구 교수의 소개로 저녁 무렵 길음동 어느 허름한 술집에서 혼자 술을 들고 계시던 송욱 교수에게 인사를 드렸다. 나에게 이 만남은 그 술집의 흐릿한 불빛과 탁한 술냄새가 빚어내는 묘한 분위기와 더불어 강하게 각인되어 있다. 초라하다고 할만치 소박한 탁자와 나무의자뿐인 선술집의 불빛 속에서 『시학평전』(1963)을 저술한 고독한 학자의 가리워진 모습을 보았기 때문이다.

김붕구 교수가 "이 젊은이가 송선생의 책을 다 읽고 한용운을 열심히 공부하고 있다는군요."라고 하던 소개의 말이 선술집 어둠 속에 담배 연기처럼 떠돌았다. 송욱 선생은 아무 말이 없었다. 무표정하게 "그래요?"라고 무관심하게 말하는 듯했다. 인사를 드리려고 잠시 주춤거리던 나는 머쓱해서 물러날 수밖에 없었다. 오히려 애써 소개해주신 김붕구 선생님에 대한 미안함으로 얼굴이 붉어졌다. 그분은 나의 무안감을 달래주려는 듯 술을 큰 잔 가득 따라주었다.

『한용운 전집』은 물론 당시까지 발표된 한용운 관계논문을 거의 다 읽은 다음에도 뚜렷한 논문의 주제가 잡히지 않았다. 읽으면 읽을수록 더 복잡해지는 상황에서, 서지적 정리를 중심으로 석사논문을 마무리한 다음 1975년 이후 나는 한용운으로부터 멀어졌다.

그의 시가 지닌 난삽한 관념이 장애가 되었으며, 행동인으로서 그가 지켰던 지조와 신념이 나로서는 도저히 미칠 수 없는 세계처럼 느껴졌기 때문이다. 보다 시적인 것은 무엇일까. 시는 과연 관념인가 행동인가 하는 의문이 떠올랐다. 한용운의 시가 위대하다면 그 위대한 점은 무엇일까, 오히려 우리는 그의 시를 잘 알지도 못하면서 그의 실천적 탁월성 때문에 그를 과대평가하는 것은 아닐까, 우리가 살고 있는 시대가 정치적 혁명의 시대이기 때문에 그의 시를 칭송하고 있는 것은 아닌가, 그는 진정 혁명가인가 등의 질문이 잇달아 제기되었다. 석사논문을 마치고 석관동에 있는 국악예술학교 국어교사를 하면서 앞길이 막막하던 나 스스로에게 위와 같은 질문을 반추하며 지냈다. 신춘문예를 통한 등단 또한 뜻대로 잘 되지 않았다. 낙백시절 〈호박회〉에서 함께 열변을 토하던 친구였던 법과의 이상수나 농경과의 유진채와 만나 술 마시고 이야기하는 것이 당시의 유일한 즐거움이었다.

이 낙백의 시기에도 나에게 중요하게 살아 있던 화두는 중학교 때 가장 절친한 친구였던 주영길과 나누었던 짧은 대화였다. 중학교 2학년 겨울방학이 끝날 무렵이었던 것으로 기억된다. 어느 늦은 겨울날 우리는 개학을 앞두고 능선 너머에 있는 학교 앞 언덕길을 오르고 있었다. 3학년 진학을 바로 눈앞에 두고 있던 그때 그가 나에게 물었다. "너는 앞으로 무엇을 할 거니?" 나는 무심코 대답했다. "응, 글쎄 아마 나는 문학을 할지 몰라." 무슨 특별한 생각을 가지고 있었던 것은 아니었으나 학교공부는 뒤로 제쳐놓고 밤 늦도록 톨스토이의 『부활』이나 도스토에프스키의 『죄와 벌』을 읽던 시절이었으므로 자신도 모르게 나온 대답이었다. 그러나 돌이켜보면 문학에 대한 구체적 출발점이 한용운 시의 암송을 들었던 때가 아니었던가 싶다. '나는 향기로운 님의 말소리에 귀먹고, 꽃다운 님의 얼굴에 눈멀었습니다' 와 같은 구절이나 '우리는 만날 때 떠날 것을 염려하는 것과 같이 떠날 때 만날 것을 믿습니다' 와 같은 구절들이 삶의 향기로움에 대한 파장을 불러일으키며 내 의식의 배면을 강박적으로 지배했다.

그러나 더욱 알쏭달쏭한 매력을 느끼게 한 것은 「님의 침묵」의 서두에 있는 다음과 같은 「군말」이었다.

「님」만 님이 아니라 기룬 것은 다 님이다. 중생이 석가의 님이라면 철학은 칸트의 님이다. 장미화의 님이 봄비라면 맛치니의 님은 이태리다. 님은 내가 사랑할 뿐 아니라 나를 사랑하느니라. 연애가 자유라면 님은 자유일 것이다. 그러나 너희는 이름 좋은 자유의 알뜰한 구속을 받지 않느냐. 너에게도 님이 있느냐. 있다면 님이 아니라 너의 그림자니라.

　나는 해 지는 벌판에서 돌아가는 길을 잃고 헤매는 어린 양이 기루어서 이 시를 쓴다.

과연 시집의 서문으로 쓴 이 군말이 무엇을 뜻할까. 또 한용운이 그의 시집 마지막에서 왜 '나는 나의 시집을 독자의 자손에게까지 읽히고 싶은 마음은 없습니다. / 그때에 나의 시를 읽는 것이 늦은 봄의 꽃수풀에 앉아서, 마른 국화를 비벼서 코를 대이는 것과 같을는지 모르겠습니다' 라고 「독자에게」에서 말했던 것일까.

이는 분명 그의 시가 단순한 연애시가 아니며, 그의 시 속에 담긴 역사성을 읽으라는 속 깊은 전언을 담은 진술이 아니었을까.

『님의 침묵』을 처음 읽고 접한 지 40년의 시간이 지나고, 시를 읽고 시를 쓰며 시에 관한 많은 글을 쓰고 있는 오늘날에도 한용운의 시는 나에게 신선한 충격으로 살아 있다. 시란 무엇인가 하는 회의가 들 때마다 그의 시를 뒤적거린다. 그리고 끝내 『한용운시전집』(문학사상사, 1989)을 엮어낸 것도 한용운과의 인연의 끈을 다잡아보기 위한 작은 시도였는지도 모른다.

그의 시는 '운명의 지침'을 바꿔놓을 만큼 나에게는 중요하고 결정적인 계기를 마련해 주었던 것이다. 또한 '장차 이 나라의 시인들은…… 전통을 생생하게 몸에 지니고 어떻게 미래를 개척하며 '사느냐' 이 문제와 맞설 때마다 『님의 침묵』이 지닌 사자후에 귀를 기울이리라' 라는 송욱 교수의 말이 나는 아직도 유효한 것이라 믿는다.

한용운이 19세기에서 20세기로의 삶의 전환기적 상황에 있었다면 우리는 20세기에서 21세기로의 전환기적인 상황에 처해 있다는 판단은 오늘날에 와서 그의 교훈을 새롭게 되새겨 보아야 하는 이유가 될 터이다.

끝으로 여담이지만, 40년 전 수업시간에 한용운의 시를 암송하던 나의 동급생 이경식은 정치학을 전공한 다음, 회사원이 되어 뉴욕 지사에 오래도록 근무하다가 10여 년 전 가을에 귀국했다. 졸업 후 처음으로 그를 만난 자리에서 옛날 국어시간 이야기를 꺼냈더니 그는 쑥스러워하면서 자기는 전혀 기억할 수 없는 일이라고 했다. 뒤늦은 일이지만 나도 이젠 옛날 국어시간의 그를 잊었다. 어리석음이 확인될 때 마음속에 간직하던 과거는 한 순간에 휘발되어 사라진다. 그러다 지난 연말 그로부터 연하장이 날아왔다. 가볍기도 하고 무겁기도 한 시간의 무게가 얹혀져 전해져 왔다. 아직도 길 없는 길을 가야 하는 시의 길의 초입에 서 있다고 생각되는 나의 갈 길이 다시 아득하게 느껴졌다.

(1994년 2004년 개고)

섬마을, 욕지 중학생들의 시

지난 7월 20일 통영시 욕지면의 욕지도에 다녀왔다. 여름의 무더위가 맹위를 떨치기 시작할 무렵 마산의 이성모 교수로부터 욕지도에서 조촐한 문학행사를 하려고 하는데 함께 갈 수 있겠느냐는 제안을 받았다.

욕지도, 나에게는 너무나 멀리 있는 아득한 섬이다. 삭막한 도시의 단조로움도 떨쳐버릴 겸 그리고 쉽게 이런 기회가 올 것 같지 않아, 태풍주의보가 오락가락하는데도 불구하고, 방민호 교수의 의중을 알아보고 함께 가보겠다고 답신을 보냈다. 떠나기 전날 밤까지 태풍이 상륙하고 있다는 예보가 잇달았지만, 다행히 당일 아침 기상 이변은 없었다.

서울에서 김해까지 비행기를 타고, 다시 차량으로 마산을 거쳐 통영으로 간 다음 거기서 약 1시간 40분 정도 배를 타고 가야 하는 거리에 욕지도가 있었다. 가는 도중 무더위로 갑갑함을 느끼기도 하였지만, 통영에서 배를 타고 나니 상쾌한 바닷바람이 불어와 우리의 기분을 일시에 전환시켜주었다.

사람들은 살기 위해서 대도시로 몰려들지만 사람들은 또한 살기 위해 도시를 떠나지 않을 수 없다는 역설을 실감한 순간이었다. 섬은 도시인들에게 꿈과 동경의 대상이다. 생활의 속박으로부터 자유롭고자 하는 사람들은 자기만의 섬, 자기만의 세계를 꿈꾼다.

이번 욕지도 행에 처음부터 큰 기대를 걸었던 것은 아니다. 20년 전 경남대학의 옛 제자를 만나 그 동안의 회포를 풀고 바다나 바라보다가 돌아오리라고 생각했을 뿐이었다. 그러나 막상 욕지도에 도착해서 섬을 둘러본 다음 욕지 중학교 조그만 교실에서 조촐한 시낭송회를 시작하는 순간 어떤 뜻 모를 전율이 스쳐갔다.

우선 교실에서 우리를 기다리고 있던 욕지 중학생들의 밝고 건강한 얼굴 표정에서 생동감이 전해왔고, 그들의 호기심 어린 눈동자와 발랄한 말소리에서 한반도의 머나먼 남쪽에 살고 있는 사람들의 짭조름한 삶의 냄새가 파도처럼 다가왔다. 그러나 우리를 놀라게 한 것은 그곳 중학생들의 시였다. 기성 시인들이 쓴 '섬'에 관한 시편들은 전부터 읽어와 크게 새로운 것이 없었지만 욕지 중학생들의 작품들은 새로운 삶을 발견하기에 충분했다.

박진한(중학교 3학년)의 「욕지도」는

그지없는 아름다움에
몸 떠는 무욕의 섬

뱃고동 물이랑 되어
수평선으로 퍼져가고

아버지들의 청춘이
너울이 되어 일렁이는 곳

으로 시작되며, 강미정(중학교 1학년)의 「어머니」는

휘몰아 스쳐간 바람의 흔적

모습조차 없어도

꿋꿋하게 바다에 한 몸 맡기신

어머니의 바램은 바지락 몇 줌

휘어진 허리 세월의 무게

가녀린 다리도 떠받칠 힘도 없는

바람이 데려갈 야윈 어머니

라고 끝맺고 있었다. 조수나(중학교 3학년)는 「바다」에서

바다를 마시고 나면

내 마음도 마셔야지

바다의 푸른 물방울로

내 마음의 눈도 만들어야지…… 마술 이야기도

잘 익혀두었다가

울 엄마에게 보여 드려야지

라고 쓰고 있다. 김정선(중학교 3학년)은 「바다와의 전쟁」에서

새벽 안개가 바다와 만나면

바다는 언제나 도화지 같다

동그라미 동그라미 동그라미

파아란 도화지에 동그란 그림 그리고

라고 재치 있게 표현하며 그들이 살고 있는 섬마을의 생활 감
각을 실감나게 그리고 있었다.

전교생이 백 명이 채 못 되는 섬마을 중학생들의 시들은 근래
필자가 읽은 어떤 기성 시인들의 시편들보다 진솔한 감정을 숨
김 없이 잘 표현하고 있었다. 그들에게 무엇을 가르쳐준다기
보다는 그들로부터 더 많은 것을 배우고 온다는 생각을 서울로
돌아오는 길 내내 떨쳐버릴 수 없었다.

(2003년)

마당 쓰는 소리 들으며 깨어나는 아침

― 제1회 시와시학상 수상소감

일본에서의 생활은 매우 단조로운 일들의 되풀이였다. 아침에 일어나 밥 하고 치우고 도서관에 나가 책 읽고 다시 점심을 하고 신에도[新江戶] 공원에 가서 산책한 다음 오후 시간을 도서관에서 보냈다.

창밖에 하나 둘 불이 켜지면서 어둠이 등에 깔릴 무렵 도서관을 나와 집으로 돌아온다. 저녁을 먹고 난 다음 다시 산보를 하거나 책방에 들렀다가 돌아온다. 오전에는 바쇼의 시를 읽고 오후에는 학술서적을 펼치거나 도스토예프스키의 『백치(白痴)』를 비롯해 그동안 읽지 못했던 소설류를 읽는다. 밤에 잠들 무렵 다시 선시(禪詩)를 펴들었다가 잠이 든다.

이 단조로운 생활에 익숙해지기까지 약 2개월의 시간이 필요했지만 일단 익숙해지고 나니 큰 불편은 없었다. 아니 오히려 그런 생활에 푹 젖어 살고 싶었다. 돌이켜보면 너무 번다한 밖의 일들로 세월을 무의미하게 보냈다는 반성적인 생각을 하게 되었다.

오직 자기 자신을 돌아보며 책을 읽고 생각하는 즐거움을 가진다는 것은 김윤식 선생님의 말씀처럼 정복(淨福)의 순간이 아닐 수 없다.

이렇게 몇 달째 생활하던 어느 날 새벽 전화벨이 여러 차례 울렸다. 담장 너머 신사(神寺)에서 새벽 마당 쓰는 소리가 지나간 지 이제 오래일 터이다. 그냥 내버려두었다. 어제 저녁 모처럼, 7년 만에 와세다 대학에서 박사 학위 논문을 제출했다는 사학과 김선민 군과의 술이 과했던 탓이다. 그는 7년 축적된 공부의 지게미를 다 털어놓는 것 같았고 나는 얼마 되지 않았지만 몇 달 동안의 답답함을 터뜨려 버렸으리라. 아마 나는 주로 듣는 입장이었을 것이다. 한일 고대사에 관한 그의 이야기는 나에게는 모두가 새롭게 느껴졌다. 한국과 일본의 이 숙명적인 관계의 역사가 이렇게 호기심의 뿌리를 자극하는 것인지 처음 깨닫게 되었다. 역사를 공부하는 것이 어떨까, 잠시 고등학교 시절 망설인 적이 있었던 탓일까.

세 번째 전화벨이 길게 울리기 시작했다. 뻗쳐지지 않는 손으로 겨우 수화기를 들자 김재홍 교수의 부드러운 목소리가 들려왔다. 어떻게, 갑자기 웬일이냐고 묻자 그는 침착한 목소리로 《시와시학》에서 제정한 '시와시학상'의 제1회 수상자로 내가 결정되었다는 것이었다. 그는 제1회라는 것을 강조했다. 순간 어제 저녁부터 새벽까지 마신 술의 취기가 치솟았다.

김재홍 교수의 낮은 전화 목소리는 아주 먼 울림처럼 다가왔다. 그 울림은 대학 1학년이 되어 문학의 길로 들어서려던 내가 빠져 있었던 막막한 느낌을 되살려 주었다.

까마득히 먼 곳에서 들려오는 어떤 소리가 다가와 있는 것 같았다. 한참 멍하게 누워 있다가 일어나 커튼을 열어보니 벌써 아침 시간이 한참 지나 맑은 해가 신사의 나뭇가지를 비추고 있었다.

*

까마득히 먼 소리, 그것은 돌이켜보면 30년 전 내가 국문학을 공부하겠노라고 시작했던 먼 기억을 떠올리게 만들었다. 고려대학에 입학이 확정된 후 어떤 막막함에 사로잡혀 겨울을 보냈던 일이 새삼스럽게 떠올랐다.

왜 국문학이어야 하는가, 그리고 왜 고려대학이어야 하는가가 그때 나의 의문이었던 것 같다. 누구의 권유도 강요도 아닌 스스로의 선택의 결과였지만 그때 그 의문은 강하게 나를 사로잡고 놓아주지 않았다. 남들에게가 아니라 나 스스로에게 어떤 답변이 필요했을지도 모르는 일이었다. 아니면 스스로 선택한 길에 대한 두려움이 다가왔기 때문이었을 것이다. 애기능 동산에 다 녹지 않은 눈을 바라보며 박성의 교수의 '국문학사' 강의를 처음 들었을 때 나의 이상과 현실이 서로 얼마나 다른 것인가를 실감하게 되었다.

함께 입학한 나의 동료들은 대부분 나보다 더 성숙하고 더 거칠고 더 세상을 많이 알고 있는 것 같았다. 문학에 대해, 학교에 대해 더 많이 알고 있는 것처럼 보였다. 이 어리숙한 최연소의 백면서생(白面書生)이 할 수 있는 것은 자기 자신 속에 자기를 감추는 일밖에 없었을 것이다.

내가 할 수 있는 일은 오로지 책을 통해 미지의 세계로 나아가는 것뿐이었다. 학기 초의 서먹서먹함이 가셔지자 동급생들은 그들 나름의 갈길을 찾아서 갔다. 그러나 나의 갈길은 쉽게 찾아지지 않았다. 아마도 첫 대학 생활을 돌이켜보면 심히 자폐적이고 은둔적인 것이 아니었던가 기억된다.

이 은둔의 문을 연 것은 우연히 발길이 향했던 〈호박회(虎博會)〉라는 독서 서클이었다. 그들의 지적 욕구와 진지함은 나에게 하나의 탈출구를 마련해 주었다. 책이 귀하던 시절이었으므로 한 권의 책을 구하기 위해 청계천의 고서점들을 찾아다니던 일은 물론 그 한 권의 책을 돌려가며 읽던 일들은 당시 이 〈호박회〉에 참여했던 많은 사람이 오늘날까지도 가끔 돌이켜보는 추억거리이다. 그리고 모두가 학과 공부보다 〈호박회〉의 독서 활동에 더 열심이었던 것이 사실이다. 좀더 적극적으로 서클 활동을 하면서 보낸 3학년 시절은 대학 생활에서 무엇인가에 가장 열성적으로 대외적인 일에 참여했던 시기였다고 기억된다.

안암동의 학구파가 다 모였다는 〈호박회〉의 활동 중에서 나에게 특기할 만한 일 중의 하나는 서클 활동 지도교수로서 불문과의 강성욱 선생을 만났다는 사실이다. 당시 강교수는 동경대 불문과에서 조수생활을 하다가 귀국한 재일교포로서 한국어에 서툴렀지만, 누구도 쉽게 맡지 않으려는 지도 교수를 흔쾌히 맡아주셨다. 뿐만 아니라 한 번도 빠짐없이 학생들 세미

나에 참석하여 우리들을 격려해주셨다. 불어를 전혀 모르는 내가 보들레르에 대해 과감하게 이야기하거나 일본문학 또한 전혀 모르면서 당시 노벨상을 받았던 가와바다의 소설 『설국(雪國)』에 대해 어떤 느낌을 토로하던 무모한 용기를 관대하게 허락해주셨던 것이다.

군에서 제대한 후 아무에게도 공개하지 않았던 내 '시작노트'를 처음 이 분께 보여 드리고 강평을 받았던 것도 대학 시절이 가져다준 소중한 인연이라 하지 않을 수 없다.

강교수의 인내심은 대단한 것이었다. '시작노트'를 드리고 일주일쯤 지나 스산한 겨울날 오후 2시 마포 아파트로 찾아가 무려 4~5시간 긴 대화를 나누었지만 저녁시간이 다 되어가는데도 선생님은 내 시작노트에 대해 아무 말씀이 없으셨다. 주변 이야기로 오랜 시간을 보내고 저녁 시간이 다가와 어쩔 수 없이 일어나야 할 시간이 되자 나는 끝내 마지막 한마디를 참을 수 없었다. "선생님, 원고가 어떻던가요?"라고 내가 묻자 이분의 대답은 간단한 것이었다. "그래, 자네는 시인이더군." 이렇게 어렵게 시인이란 칭호를 들었을 때의 감격은 지금까지도 내 머리 속에 지워지지 않고 남아 있다.

대학원에 진학하고 시보다는 비평문을 더 많이 쓰고 있을 때에도 항상 이 말은 머리 속에 남아 있었다. 물론 오랜 후에 이 분은 내가 시적이라기보다는 오히려 비평적이라고 생각하시는 것을 알게 되었지만 내 머릿속에 아직도 떠나지 않고 남아 있는 것은 이 분이 가볍게 던진 시인이라는 말이다.

*

시를 쓰겠다는 집념으로 인해 공부는 느리게 진행되었다. 많은 사람이 나를 앞서 나갔다. 그것은 한때 미묘한 좌절감을 불러일으켰지만 서두르지 않고 느리게 가는 것도 하나의 방법이라고 깨달은 것은 독서량이 어느 정도 축적된 박사과정을 마칠 무렵이었다. 천천히 음미하면서 나아가는 것이 오히려 나의 적성에 맞는 것인지도 모른다는 여유를 가지고 다른 사람의 글을 읽었다.

대학에 진학한 이후 훌륭한 선생님을 많이 만나게 되었다.

조지훈 선생은 불행히도 1968년 내가 대학 3학년 때 마지막 시론 강의도 다 마치지 못하고 돌아가셨다. 마석의 장지에서 만난 어떤 시골의 무명 시인 지망생의 애도가 나에게는 이 분의 죽음을 더욱 뜻깊게 했다. 문인도 아니고 그렇다고 학연도 지연도 없는 어느 초라한 시골 청년이 장례식을 지켜보고 있었다. 괜한 호기심이 일어 어떻게 여기까지 왔느냐고 묻자 그는 생전에 만나 뵌 적은 없지만 조지훈 선생의 시를 좋아하고 그분을 흠모하기 때문에 이렇게 장지까지 따라왔다는 것이다. 그의 이 말 또한 길게 여운을 남겼다. 그리고 시라는 것이 무엇인가 다시 생각해보게 하였다.

박사논문 지도교수인 정한숙 선생님은 내가 걸어가야 할 인생의 길을 정확하게 짚어주신 분이다. 그 분이 내리는 판단의 예리함과 정확성은 언제나 놀라운 것으로 지금도 흔들리는 일이 많을수록 그 분의 말씀을 경청하게 된다.

김달진 선생은 매우 독특한 분이었다. 《법구경》으로 시작된 인연으로 아내를 만나게 되고, 다시 직접 이 분을 만나 번역 작업을 도와드렸을 만큼 그 인연은 아주 깊었다. 선생은 세속에 집착하지 않고 사는 세속으로부터의 자유로움을 말이 아닌 실천으로 보여주었던 분이다. 어떤 것을 물어도 모른다고 하거나, 너무 모른다고 해서 조금 계면쩍은 순간에는 잊어버렸다고 하던 이 분은 노장의 도에 가장 가까이 다가갔던 분이 아닌가 생각된다.

경희대학에서 뵙게 된 황순원 선생은 꿋꿋하게 자신의 길을 걸어가는 한국 문단의 대가적 든든함을 보여주셨던 분이다. 이 확고함이 어디에서 오는 것인지 가까이 뵙고 모시면서 많은 것을 배우던 시절이 나에게는 행복한 시간이었다. 많이 읽고 생각하며 많은 글을 쓰던 30대의 열정적인 시기에 황순원 선생을 만났던 것은 내가 걸어 나가야 할 문학의 길에 부동의 지표로 작용했다.

돌이켜보면 어느새 나 또한 선생이 되어 많은 시간을 강단에서 보냈다. 흰머리가 나기 시작하고 제자들이 문단에 나가거나 교단에 서기 시작한 지 여러 해가 지났다. 그러나 정말로 내가 한 일이 무엇일까. 그 동안 쓴 그 많은 원고들이 모두 어떤 가치가 있는 것일까 돌이켜보지 않을 수 없다. 그들 모두 나의 선생이 아닐까 생각을 하고 있다. 아직도 그들에게 너무 많은 말을 하고 있기 때문이다. 훌륭한 선생은 못 되더라도 나쁜 선생은 되고 싶지 않은 것이며, 뛰어난 글은 못 쓰더라도 남에게 해를 끼치는 글은 쓰지 않겠다는 것을 목표로 지금까지 살아왔다는 것이 나의 솔직한 고백이다.

*

1992년 아이오와 대학 창작프로그램(IWP)에 다녀온 이후 벼르고 벼르던 일본행을 95년 하반기에 가서야 결행할 수 있었다. 세상의 일에 너무 얽혀 들면, 그것이 끝내 끊을 수 없는 족쇄가 된다는 것은 당연한 일이 아닐까.

《현대문학》 주간을 하면서 내가 겪은 혼란스러운 몇 년간의 기억을 지워버리고자 일본의 대시인 바쇼[芭蕉]를 공부해보겠다는 마음으로 유학을 떠난 것이다. 그러나 내가 진정으로 목표한 것은 내 자신의 내면을 바르게 들여다보는 것이었다. 은둔과 침잠을 통해 정말 앞으로 해야 할 일이 무엇인가를 찾아보는 것이었다.

나를 초청해 준 와세다 대학 기라[雲英] 교수에게 다음과 같이 말한 적이 있다.

"자료를 보니, 제 나이가 바로 바쇼가 〈오꾸노 호소미치(奧の細道)〉 기행을 떠났던 것보다 한 살 더 많더군요."

반주가 곁들여진 저녁을 먹고 있던 터였으므로 잠깐 머뭇거리다 기라 교수가 웃으며 대답하였다.

"저는 바쇼보다 훨씬 더 많이 살았어요."

이 말을 듣자 화살처럼 어떤 섬광이 스쳐갔다. 이것을 하나의 화두로 삼고 지난 몇 달을 보냈다. 개구리가 뛰어든 물소리가 천지를 울리고, 매미의 울음소리가 바위에 스며들어가는 그 극한에서 모든 것이 하나가 되는 바쇼의 시들은 지난 몇 달 동안 내내 나를 붙잡고 있는 올가미일 것이다.

바쇼가 이미 천하의 명구를 쓴 나이에 아직도 나는 시작도 못하고 주변을 어정거리고 있다는 것이 나에게는 아주 뼈저린 아픔이었다. 비평이란 무엇인가, 과연 문학의 길이란 어떤 것일까. 말과 글이 하나의 인간에게서 비롯되듯이 이론과 창작이란 아마도 끝내는 이상적인 어떤 하나를 지향하는 것이 아닐까. 그리고 우리는 각자가 고뇌하며 살았던 그 이상의 글을 쓸 수는 없다는 결론에 도달하게 될 것이다.

*

와세다 대학 기숙사와 함께 있는 일본 기독교 회관 마당 한가운데에는 커다란 은행나무 한 그루가 서 있다. 양쪽에 히말라야 삼나무를 거느린 이 은행나무는 품위 있는 풍성한 자태를 지니고 가을 바람이 불 때마다 황금의 나뭇잎을 떨구어 쓸쓸함이 감도는 정원을 화사한 금빛으로 만들곤 하였다. 정원지기는 아침마다 은행잎을 수북하게 쓸어 모았다. 다른 쪽 면으로 기숙사와 붙어 있는 신사의 앞 마당에도 커다란 나뭇잎이 떨어져 내렸다.

　내가 머물고 있는 기숙사 방에서는 신사의 나무들을 볼 수 있을 뿐이었다. 그러므로 자주 새벽에 마당 쓰는 소리를 들으며 망각의 잠 저 편에서 깨어나는 나 자신을 느낄 때가 많았다. 이제 나뭇잎은 다 떨어지고 마당 쓰는 소리도 차츰 들리지 않는 계절로 접어들고 있었다. 김재홍 교수로부터 전화를 받은 아침, 나뭇잎이 다 지고 난 후 창 밖에 더 가깝게 다가선 듯 느껴지는 가지에 노란 깃털의 작은 새가 날아와 잠깐 지저귀다 날아갔다.

　어떤 먼 소리가 나의 내면으로부터 무엇인가를 불러온 것은 아닐까.

　느릿느릿 도서관을 향해서 걸어갔다. 오늘 읽어야 할 책의 새로운 페이지가 바다처럼 출렁거리며 펼쳐지고 있었다.

　점심 후 오늘은 모처럼 시간을 내 바쇼암〔關口芭蕉庵〕에 가 보리라고 마음먹었다. 아마도 바쇼가 생전에 사랑했다는 파초의 넓고 푸른 잎이 이른 봄 바람에 흔들리고 있을 것이다.

(《시와시학》 1996년 여름)

방화수류정訪花隨柳亭의 아름다움

　며칠째 황사가 뿌옇게 하늘을 뒤덮다가 겨우 날이 조금 밝아지나 싶어 밖으로 나가보았더니 역시 냉랭한 봄바람이 거리를 휩쓸고 있었다. 바람에 날려 헝클어진 사람들의 머리칼과 황사가 번진 얼굴에서 흙먼지를 보며 꽃샘추위는 역시 잔인하다는 생각을 떨쳐버리기 어려웠다.

　황사는 뿌옇고, 마음은 답답하며 봄비 질척질척 내리는 지난 주 금요일, 수원의 〈방화수류정〉에 가보았다. 번다한 세상살이로부터 갑자기 사라지고 싶은 충동이 일어날 때 가까운 거리에 잠적할 고향을 갖고 있다는 것은 남모르는 나의 작은 행복이다. 심신이 지칠 때 일년에 한두 번 찾아가는 곳이 내가 태어난 고향 수원이다. 그 중에서도 수원성을 거닐며 이 일 저 일 풀리지 않는 일들을 생각해보는 것이 나의 오랜 취미 중의 하나이기도 하다. 팔달산 중턱에 있는 남창초등학교 시절 청소당번으로 수원 남문을 빗자루로 청소하던 기억이 아직도 남아서일까. 아니면 과거로 회귀하는 일종의 퇴행 심리일까.

어떻든 그날은 평소에 자주 들르지 않던 〈방화수류정〉으로 발길을 돌렸다. 봄이 왔으니 새싹이 움트고 개울물도 조금은 흐르지 않겠나 하는 소박한 기대를 가지고 가보았지만, 가끔 찔끔거리는 봄비가 길바닥을 가볍게 적시는 풍경에서 별다른 정취가 우러나오지 않았다.

왜 이곳에 왔을까. 조그만 연못이 가운데 있고, 동남쪽으로 조금 언덕진 바위 위 오도카니 놓여 있는 정자를 바라보면서 그런 의문을 떠올려보았다. 문자 그대로 선조들은 여기서 꽃을 찾아보고 바람에 휘날리는 버드나무를 따라 흘러가는 물을 바라보며 그 많은 봄날을 어떻게 흘려 보냈을까. 그런데 전에 없이 이 작은 연못과 정자가 매우 아름답게 느껴지는 것은 또 무슨 까닭일까. 연못가를 한 바퀴 둘러보고, 정자 위에 올라가 사방을 조망해보았다. 인근을 둘러싸고 있는 나즈막한 구릉과 인가가 정겹게 보이고 길게 뻗어 있는 개천의 물줄기도 한눈에 들어왔다. 초등학교 시절 여름 장마철 이 작은 물줄기가 흘러가 큰 냇가를 이룬 곳에서 시간 가는 줄 모르고 조그만 은빛 피라미를 잡던 추억도 스쳐갔다.

작고 오밀조밀하지만 사람들과 친숙하게 만날 수 있는 이곳에 정자를 세운 선인들의 지혜가 바로 여기에 있지 않을까. 남을 위압하는 것도 아니요, 남을 지배하고 정복하고자 하는 것도 아닌 자리에 아담한 정자를 세우고 사람들의 인정이 어우러질만한 곳에서 서로 함께 풍류를 즐길 수 있는 공간을 만들어 놓았다는 것은 한국 특유의 흥취이자 여유일 것이다. 이 정자에서 시를 짓고 인정세태를 살피는 일은 극히 서민적이요 인간적이라고 느끼지 않을 수 없다.

사람들은 흔히 한국의 미를 여백의 미라고 한다. 여백이란 풍경이나 공간을 억지로 채우려 하는 의욕이 아니요, 힘으로 타인의 삶을 지배하겠다는 의지도 아니다. 이 여백에서 한국인의 심미 의식이 비롯되고, 또 이 여백에서 한국인 스스로가 지닌 아름다움도 드러난다.

지난 2월 중순 우연히 중국의 강서성(江西省) 남창(南昌)에서 필자는 당(唐)나라 시인 왕발(王勃)의 시로 유명한 〈등왕각〉에 올라가 본 적이 있다. 〈황학루〉, 〈악양루〉와 더불어 중국의 3

대 누각의 하나라고 일컬어지는 등왕각에서 천하를 호령하고 대륙을 지배하던 중국인의 기개와 위엄을 느낀 바 있었다.

왕발의 〈등왕각〉 시 또한 웅걸찬 기상과 화려한 시적 수사로 일세를 풍미했다는 것은 잘 알려진 일이다. 단층의 작은 누각이나 정자에 익숙한 필자에게 우람한 9층의 거대한 〈등왕각〉은 놀라움과 충격을 주기에 충분했다. 북경의 〈자금성〉이나 〈만리장성〉 또한 직접 보기 전에는 말하기 어려울 만큼 거대한 규모를 지닌 것이어서 우리들의 상상을 넘어서는 건축물들이었다.

그런데, 왜 이 작고 아담한 〈방화수류정〉을 바라보면서 남다른 아름다움을 느끼는가. 어찌 보면 왜소하고 초라하다고도 할 수 있는 이 정자에서 새삼스러운 아름다움이 감지되는 것은 중국에서 본 〈등왕각〉과 이 정자가 아주 다르기 때문이다. 작은 것이 아름답다고 새삼스레 자위할 필요도 없다. 어떻게 보면 한국미의 독자성은 중국과 달리 그 크기나 규모에 있지 않다는 점을 깨닫게 된 것이 지난번 중국 여행의 소득인지도 모른다.

〈방화수류정〉으로 건너가는 돌다리 한쪽 편에 얼른 눈에 잘 들어오지 않는 찌그러진 주막집이 있었다. 창밖으로 가끔씩 흩뿌리는 봄비 속에서 〈방화수류정〉을 바라보면서 걸쭉한 막걸리를 한 잔 마셨다. 오랜만에 마셔보는 막걸리의 싸한 맛에서 오래 잊어버리고 있던 토속적 미각이 새롭게 되살아났다. 그동안 제대로 바라보지 못했던 아담한 정자 하나가 바람에 흔들리는 버드나무 사이로 언덕 위에 그림처럼 서 있었다.

작고 찌그러져 볼품은 없지만 소박한 막걸리 집에서 건너편 정자를 아름답게 바라볼 수 있는 마음의 여유를 되찾는 것은 쉬운 일이 아니다. 아마도 그것은 오랜만에 내가 고향으로 돌아와 내 자신을 돌이켜보고 있기 때문일 것이다. 고유성과 독자성은 밖에서는 찾을 수 없는 삶의 근원으로부터 우러나오는 우리 문화와 예술의 정신적 뿌리이다. 왕발의 호기로운 시와 다르겠지만 〈방화수류정〉에서 내가 느낀 바 다음 시 일절을 술기운이 감도는 입속으로 중얼거려본다.

오랜만에 옛길 더듬어 꽃 피고
새 우는 고향의 봄을 찾아왔는데
부연 하늘아래 봄비만 흩뿌리고

탁주 한 사발에 취흥이 소슬하여
문밖을 바라보니 오똑한 언덕 위의
〈방화수류정〉이 옛 벗처럼 맞이하니

남창의 고대광실 〈등왕각〉이 어떻다고

고향의 봄바람에 휘날리는 버드나무

바라보는 나에게 무어가 부러우랴

이 시 한 수를 읊고 나니 누군가 나에게 한국 정자의 아름다
움을 말하라고 한다면 나는 주저하지 않고 가장 먼저 〈방화수
류정〉을 꼽지 않을 수 없을 것이란 생각이 들었다.

(《한국경제신문》 2003년 3월 28일)

『시어사전』에서 『소설어사전』까지

*

  1997년 6월 10일 『시어사전』이 간행되었다. 제본소에서 막바로 가져 와 풀기가 채 마르지 않은 『시어사전』의 견본을 손에 들어 보면서 무엇인가 뭉클한 것이 느껴졌다.

  편저자 김재홍 교수가 오랜 시간 심혈을 불어넣은 작업의 무게가 실려왔음은 물론이거니와 60년대 중반 경제적으로 힘들고 어려웠던 시절 주위의 만류를 물리치고 국문학을 공부해보겠다고 시작했던 동지적 공감이 다가왔기 때문이다.

  김재홍 교수는 그의 학위 논문 『한용운문학연구』를 준비하는 과정에서 이 사전에 착안하게 되었으며 그로부터 20여 년의 세월 동안 이 작업에 공을 기울였다고 한다.

많은 사람들이 느끼는 사실이지만, 한국 현대시에는 선뜻 뜻이 통하지 않는 구절이나 문맥이 아주 많다. 고시도 아닌 현대시에서 뜻이 통하지 않는 말의 돌출로 인해 우리는 그 시가 무엇을 뜻하는지 제대로 모르고 지나치게 된다. 개인적 조어, 방언, 고어, 은어, 비속어, 비유어, 상징어 등이 시의 문맥에서 두루 쓰이기 때문이다. 그러므로 시를 제대로 즐기고 연구하기 위해서는 이에 따른 전문 사전이 꼭 필요한 일이었지만, 그 동안 학계에서는 산발적이고 부분적인 논의가 있었을 뿐 종합적이고 체계적인 연구를 통해 사전이 간행된 바 없었다.

『시어사전』에는 최남선부터 시작하여 1990년대 시인들의 시집까지 1만 3천 권의 시집에서 채록된 1만 2천여 시어들에 대한 뜻을 풀이하고 그 용례가 수록되어 있다.

이상화의 「빼앗긴 들에도 봄은 오는가」에 나오는 '깝치다'와 같은 시어는 흔히 '까불다'라고 잘못 해석해왔는데, 이는 '재촉하다'라는 경상도 방언이다. '까불다'와 '재촉하다'는 전혀 다른 뜻을 가지고 있어서 시 해석에서 완전히 다른 결과를 초래한다.

이동원의 노래로 널리 알려진 정지용의 「향수」의 경우에도 논란이 분분한 시어가 '해설피'라는 말이다. "넓은 벌 동쪽 끝으로/옛이야기 지줄대는 실개천이 회돌아 나가고,/얼룩백이 황소가/해설피 금빛 게으른 울음을 우는 곳"에서 이미지 구사 효과가 뛰어난 '해설피 금빛 게으른 울음'의 '해설피'가 문제가 된다. 이를 김재홍 교수는 '해가 기울 무렵, 해질머리'라고 밝혀놓았다. 해거름 무렵의 노을이기에 '울음'이 '금빛'이란 색채를 띠며 그 이미지는 누런 소의 색깔과 겹쳐져 '황소'가 된다는 것이다.

현대시에서 시의 말뜻과 음악성을 가장 잘 살린 시인으로 서정주를 들 수 있다. 서정주는 시 「멈둘레꽃」에서 "바보야 하이얀 멈둘레가 피였다."고 썼는데 다른 시에서는 '머슴둘레', '미움둘레' 등을 사용하고 있다. 같은 민들레라도 바보가 바라보면 '멈둘레', 머슴이 바라보면 '머슴둘레', 미운 시누이가 바라보면 '미움둘레'가 된다는 것이다. 또 서정주의 「서풍부」에 선뜻 알기 어려운 '개가죽 방구'라는 시어가 쓰였는데 이를 '개의 가죽으로 만든 작은 북. → 개가죽 방고.'라고 풀이하고 있다. 「꽃밭의 독백」에서도 '물낯바닥'이란 시어가 나오는데 이를 '수면(水面)'으로 바꾼다면 시의 깊이와 맛이 떨어질 것이다.

‘잠’이란 일상적 말도 시어가 되면 여러 가지 변형을 일으킨다. 박태일은 “어린 딸 나비잠 위로 뜬 보름달”이라 하여, 잠자는 어린 딸의 귀여운 모습을 ‘나비잠’이라고 표현했다. 그외에도 군인들이 행군 도중에 잠깐 눈 붙이는 잠은 ‘쪽잠’, 세상 떠내려가는 줄도 모르게 깊이 든 잠은 ‘말뚝잠’, 여자와의 첫날밤 잠은 ‘꽃잠’ 등으로 다채롭게 쓰여지고 있음을 알 수 있다.

고은 또한 「만인보」에서 ‘목구멍 맛’과 같은 독특한 시어로 삶의 현장감을 표현하고 있다. “한양의 정수동 이야기 평양 대동강 김선달 이야기도 걸죽걸죽 걸지만/징계 맹경 외애밋들 진평구 이야기는/그야말로 김치가드락 말아 생모치 아작아작/씹어넘기는 목구멍 맛이라니”라고 ‘진평구 이야기’를 한다. ‘징계 맹경’은 ‘전북 김제 만경 들판’을 뜻하며 ‘목구멍 맛’은 김치 가닥을 찢어 입에 넣었다가 목구멍으로 삼킬 때의 감칠맛을 뜻한다.

시인이란 무엇이며, 시란 무엇인가. 『시어사전』을 통해서 본다면, 시인이란 민족적인 생활 감정을 갈고 다듬는 언어의 교사이며, 시란 정련된 말들로 이루어진 예술적 보배라 하지 않을 수 없다.

영어에서 셰익스피어, 독일어에서 괴테, 불어에서 보들레르를 비롯한 상징주의 시인들에 의해 그들의 모국어가 갈고 다듬어져 예술적 언어로 승화되었듯 우리 한국어도 뛰어난 시인들에 의한 시적 절차탁마를 통해 품격 높은 예술적 언어로 그 정채로움을 가질 것이며, 『시어사전』은 그 초석을 마련하는 데 결정적 기여를 했다고 하겠다.

『시어사전』의 원고가 만들어지기까지 필자 또한 깊은 관심을 가지고 지켜보지 않을 수 없었다. 그것은 김재홍 교수와 동년배로서 같은 분야를 전공으로 하고 있다는 경쟁적 심리도 작용하지 않은 것은 아니지만, 이와 같은 작업이 한 개인 연구자의 수준에서 진행되기에는 너무나 방대할 뿐만 아니라 이를 추진하는 그의 정열과 집념에 외경의 마음까지 들었기 때문이기도 하다.

1997년 2월 초 우연히 김재홍 교수를 만날 기회가 있었다. 그 자리에서 이런저런 이야기가 오가던 중 『시어사전』이 화제가 되었고, 이제 원고가 마무리되어 마지막 교정 작업이 진행되고 있다는 말을 들었다. 그때 무심코, 필자는 그 사전을 당시 내가 책임 맡고 있던 고려대 출판부에서 내면 어떻겠는가라고 지나가는 말처럼 던져보았다. 이 사전의 가치와 의의를 알고 있었기 때문이다.

김 교수는 몇 군데 생각하고 있는데, 아직 최종 결심을 하지는 못했다고 여운을 남겼다. 아마도 그로서도 선뜻 누구에게 이 사전의 완성된 원고를 넘기고 싶지 않았을 것이고, 그가 이를 쉽게 다른 누군가에게 맡기고 싶어 하지 않는 마음 또한 이해할 수 있을 것 같았다.

그 후 한 달쯤 지난 어느 날 오전 김 교수가 사전 예고 없이 불쑥 내 연구실에 찾아왔다. 학교 가는 길에 들렀다며, 지난번 나의 제안이 정말인가라고 물었다. 물론 기획위원회의 동의를 얻어야 하지만, 그 사전의 가치와 의미를 설명한다면, 크게 문제될 것이 없을 것이며, 만약 그 사전을 출간할 수 있게 된다면, 내 책보다 더 아끼고 귀하게 여기는 것은 물론 최단 시간에 최선의 책으로 만들 수 있을 것이라고 했다. 며칠 더 생각해보겠다며 김 교수는 돌아갔고, 출판부 기획위원 몇 분과 상의하는 동시에 직원들과 실무적인 준비를 해보자고 하였다. 물론 약간의 반대가 없었던 것은 아니었다. 그럼에도 필자는 이 사전의 문학적·문화사적 가치로 보아 반드시 성공할 것으로 믿었다. 이 사전이 간행된 후 사회 각계 각층의 반응은 놀라운 것이었고, 판매 또한 꾸준히 지속되어 애초 주변에서 가지고 있던 우려를 말끔히 씻어냈다. 거의 완벽한 상태의 디스켓을 받아 제작하는 데 걸린 시간은 약 40일이었는데, 물론 이 기간 동안 밤낮으로 어떻게 하면 이 사전을 제대로 만들어 보급할 것인가에 골몰하였던 것은 지금도 보람찬 기억으로 남아 있다.

* *

『소설어사전』의 첫 견본이 선보인 것은 1998년 8월 17일이었다. 17일 오전 출판부로 견본을 가지고 오기로 되어 있었으나 여의치 않아 인쇄소에서 직접 12시까지 안국동 선천집으로 전달하기로 하였다는 것이다. 책의 실물을 보지 못한 채 선천집에 나가 기다렸으나 11시 45분까지도 책은 오지 않았다. 신문 보도를 위해 몇 사람의 문학 담당 기자들과 함께 기다리고 있었는데, 12시가 다 되어서야 인쇄소 직원이 가쁜 숨을 몰아쉬며 견본을 가지고 나타났다.

원고지 16,000장 분량의 『소설어사전』을 대하는 순간 이 책에 담긴 15,479개의 어휘 그리고 22,084문장들이 머리를 스쳐 갔다. 1906년 이인직의 「혈의 누」에서 시작하여 1995년 등단한 전경린의 「평범한 물방울 무늬 원피스에 관한 이야기」에 이르기까지 363명의 작가들의 장편 308편, 중 · 단편 1,151편, 북한

의 집체 소설 122편 등에서 채록한 어휘와 문장들이 작은 도서
관처럼 한 권의 책 속에 빼곡하게 집약된 것이다.

지금까지 우리 나라에서 통용되던 사전류에는 용례가 거의
나오지 않거나 있다고 하더라도 사전을 위한 작문식의 서툰 용
례들이었기 때문에 실제로 사전의 용례를 활용하기에는 어색
한 점이 많았던 것이 사실이다. 무엇보다 살아 있는 사전이 아
니라 개념의 틀을 벗어나지 못하는 죽은 사전이었던 까닭에 생
동감이 적었다.

『소설어사전』은 표제어를 풀이하고, 그 용례가 나오는 작품
명과 작가명을 구체적으로 예시하여 놓았기 때문에 그 동안 간
행된 다른 어떤 사전보다 생동하는 것이 장점이다. 궁금함을
가지고 사전을 펴 보았을 경우 말뜻을 알아도 실제로 그 말을
사용하기 위해서는 표현들을 구체적으로 참고할 용례가 필요
한 것인데, 그 용례들을 소설에서 찾아 놓았으니 흥미로운 명
문장들을 소설 속에서처럼 읽으면서 우리말의 참맛을 깨닫는
데 실용적 가치가 높다고 하겠다.

한 예를 들어보면, '깜냥' 이란 말을 한 수험생이 '대입논술고
사' 답안지에 사용한 적이 있었다. 그 용어의 적절성 여부를 놓
고 여러 채점 위원들이 오래도록 논란을 벌인 적이 있다. '국어

사전'의 말 풀이만으로는 선뜻 그 결론을 내리기 어려웠기 때문이다. 그 말뜻은 '일을 가늠보아 해낼 만한 능력. 자기 능력을 스스로 겸손하게 이르거나 아랫사람의 능력을 깔보아 이를 때 쓴다.'라고 풀이된다. 그 용례들은 다음과 같이 다채롭게 쓰여진다.

* 약고 고생에 찌들려서 일 된 아이가 공장 생활 몇 해에 물은 안 들었어도 보고 들은 것은 있는지라, 그만한 깜냥도 들었고, 앞뒤를 젤 줄 알았다.(염상섭/「삼대」)

* 이런 은공이 있으니까 나도 그걸 저버리지 않고 그래서 내 깜냥에는 갚을 만큼 갚노라고 갚은 셈이지요.(채만식/「치숙」)

* "[……] 당신과 같이 총을 맞잡고 나서지는 못할망정 어른들을 모시고 집에서라도 깜냥대로 당신이 하시는 일을 도와 드리겠어요. 그러니 나를 위해서는 조금도 염려하지 말아 주세요."(이기영/「두만강」)

* 그때는 그때 일로 잊어버리고, 두더지처럼 땅속에서만 지낼 수 없다면 새 세상에 깜냥껏 대처하지 않으면 안 된다.(김원일/「불의 제전」)

* 아내 경숙을 만난 것은 2년쯤 전이었다. 단골 번역자인 모 대

학의 불문과 교수가 아내를 데리고 출판사로 온 것이 첫대면이었
다. 아내 경숙은 교수 밑에서 일을 거들어 본 깜냥이 있어서인지
원본 대조나 가벼운 소설류는 곧잘 번역도 했다.(윤정모/「바람벽
의 딸들」)

여기서 한 걸음 나아가 '깜냥없다'는 말뜻은 '대중이나 요량
이 없다. 종작없다.'는 의미이다. 그리고 그 용례는

*"백손이가 넋적은 짓을 한 게 아니라 깜냥없는 짓을 했어
요." 하고 말하였다. "깜냥없는 짓이라니?" "그 깜냥없는 아이가
혼자서 맨주먹으루 사령 여닐곱 놈과 마주 싸웠답니다."(홍명희/
「임꺽정」)

위와 같이 『소설어사전』은 말 풀이와 구체적 용례가 수록되
어 그 활용성을 높이고 있을 뿐만 아니라 이희승 편 『국어대사
전』(민중서관, 1982), 김민수 외 편 『금성판 국어대사전』(금성
출판사, 1996) 등 국어대사전에 등재되지 않은 어휘들을 다수
포괄하고 있다.

『소설어사전』은 원래 『시어사전』과 짝을 이루면서, 서로가

보완 작업을 하기 위해 기획되었다. 시어가 보다 전문적이고 학술적이라면 소설어―시어에 대비된 개념으로 소설어라고 했다. 간단히 말해 소설에 사용된 말이라는 뜻이다―는 살아 있는 생활 감각이 그대로 반영되고 있다는 점에서 현장적이고 실용적이므로 서로 대비된다고 할 수 있는 것이다.

『소설어사전』의 문장 용례를 뽑고, 뜻을 풀이하는 과정에서 필자는 물론 많은 참여자들이 일단 어떤 막막감을 느끼지 않을 수 없었다. 어디서부터 어떻게 시작할 것인가. 이것이 과연 가능할 것인가. 현대소설사가 100년에 이르고, 그 동안 발표된 소설이 수만 편에 달할 터인데, 어떻게 일을 추진해서 마무리할 것인가가 문제였던 것이다.

때마침 민충환의 『'임꺽정' 우리말 용례사전』(1995), 임무출의 『채만식 어휘사전』(1997), 그리고 임우기 · 정호웅의 『'토지' 사전』(1997) 등 개별 작가에 대한 어휘 사전들이 간행되어 있었으며, 개별 작가나 작품에 대한 어휘를 부록으로 수록한 작품집들도 일부 유포되어 있었다. 이런 자료들을 바탕으로 강웅식, 권혁웅, 김문주, 김지영, 김찬기, 김한식, 문흥술, 박정선, 서덕순, 신지연, 이경수, 이상숙, 이성우, 장석원, 전도현, 정혜경, 홍용희, 황치복 등 고려대, 서울대, 경희대 등의 강사, 대학

원생들에게 자료 채록을 의뢰하였다. 첫 겨울방학이 지나고, 여름방학이 지나도 뚜렷한 진전은 없었고 막막한 자료의 늪을 헤매고 있었다. 『시어사전』이 간행되고, 다행히 이 사전이 호평을 받자 여기에 고무되었을 뿐만 아니라 작업의 방향도 정해져 『소설어사전』에 보다 전념할 수 있었지만 자료의 숲을 헤매는 기간은 쉽게 끝나지 않았다. 그러던 중 우연히 작가 김종성을 만났더니 평소 자신이 여기에 관심이 많았으며 자료도 이미 상당 부분 수집하여 놓았으니 우리들과 적극 협력하여 이 사전을 완성하는 데 기여하고 싶다는 의사를 표명해왔다.

왕성한 의욕과 추진력을 가진 그의 가세로 1997년 겨울을 넘어설 무렵 채록된 자료들은 어느 정도 윤곽을 보이기 시작했다. 물론 사전이란 자료의 수집만으로 되는 것은 아니었다. 모아진 자료를 어떻게 배치하고, 체계화할 것인가는 더욱 어려운 문제였다. 고민과 숙고 끝에 지난 40여 년간 우리 문단에서 타의 추종을 불허할 만큼 많은 소설을 읽고 현장 비평을 선도해오신 김윤식 교수님을 찾아 뵙고 도움을 청하지 않을 수 없었다.

구슬이 서 말이라도 꿰어야 보배가 되는데, 우선 소설사 백년을 조감하는 글이 필요하다고 부탁드리면서 우리들이 진행하고 있는 원고의 일부를 보여 드렸다. 선생님은 그 동안의 노고가 많다고 하시면서 흔쾌히 도와주실 것을 약속하시고, 여러 가지 도움의 말씀을 주셨다. 이 과정에서도 자료의 채록과 풀이는 계속되었는데, 나중에 말뜻이 잘 확인되지 않은 어휘나 불분명한 어휘의 상당 부분(약 1,000장 정도)은 등재하지 못하고 말았다.

김윤식 교수의 원고 「방법으로서의 한국근대소설사」를 받은 것은 처음 부탁드린 지 석 달 후였으며, 후속 작업을 계속 진행시키는 한편 오랜 학적 탐구의 무게가 실린 그 원고를 만지작거리면서 필자 나름대로의 종합적인 글을 구상하게 되었다. 물론 필자의 「소설어의 어휘적 계보와 특성」이란 글 또한 단숨에 쓰여지지 않았다.

수집된 자료를 읽고, 검토하면서 과연 『소설어사전』을 엮으면서 여기에 꼭 필요한 글이 무엇인가를 생각해보았다. 이미 6월부터 전도현을 팀장으로 이성우, 박정선, 장석원, 김지영 등은 편집·교정을 위해 합숙 상태에 들어갔다. 뒤늦게 대학원에 진학한 이성우 군이 컴퓨터를 아주 잘 다루어 국내 외의 프로그램을 활용하여 자료를 처리하여 여러 난관들을 잘 돌파해주었다. 아마도 컴퓨터가 없었더라면, 이 작업은 몇 년이 더 걸렸을 것이다.

물론 컴퓨터가 모든 일을 하는 것은 아니다. 그리고 자료가 있다고 일이 다 되는 것도 아니다. 이 양자를 슬기롭게 운용할 때 효과적으로 일이 진행된다고 할 것이다. 편집·교정 위원들은 매일같이 쉬지 않고 작업을 진행하여 두 차례 정도 교정이 끝났을 즈음에도 나의 원고는 쉽게 집필되지 않았다. 출판부의 창고 같은 모퉁이의 방을 차지하고 작업을 진행하는 그들의 모습은 아름다울 뿐만 아니라 제한된 시간에 마무리해야 한다는 강박감으로 비장감마저 감돌았다. 결사대가 작전에 임하는 것과 같은 모습이었다. 필자가 점심 먹으러 가자는 말을 하기 어려울 정도로 작업에 열중하는 그들을 보면서, 집중만 한다면 젊은 사람들이란 엄청난 힘을 발휘하는 것이로구나 하는 것을 이때 느꼈다.

7월 초순이 지나 이제는 시간이 늦어져 원고를 게재할 수 없을지도 모른다는 생각이 들 무렵, 필자는 하나의 사실을 깨달았다. 거창한 글을 과장되게 쓸 것이 아니라 그 동안 보고 느끼고 확인한 것을 그대로 정리하자는 것이었다. 이렇게 마음먹자 짓누르던 긴장감이 어느 정도 풀리면서 원고가 쓰여지기 시작했다. 그것이 「소설어의 어휘적 계보와 특성」이라는 글이었다.

지극히 미시적 관찰이기는 하지만 소설의 어휘들이 움직이는 것을 바라보고 있으면, 그것들이 매우 작은 활동의 반경을 가진 것처럼 보인다고 하더라도 그 나름의 활동 반경을 펼쳐 보일 뿐만 아니라 생성과 쇠퇴를 거듭하면서 소설 창작의 원동력으로 작용하고 있음을 깨닫게 되었다. 하나 하나의 어휘들이란 풀씨와 같이 생명력을 가진 개체들이라는 것이다. 필자는 김윤식 교수의 「고유어와 인공어의 변증법으로서의 근대소설사」를 통관하면서, 고심 끝에 나름대로 우리 소설어의 계보를 다음 세 가지로 분류했다.

(1) 고유어(토박이말) 계보

(2) 인공어(외래어) 계보

(3) 고유어, 인공어 혼합 계보

물론 세 가지로 나눌 수 있다고 하더라도 (1)과 (2)의 계보가 주로 나타나며 (3)의 계보는 채만식 이후 그렇게 두드러지게 관찰되지 않고 있으며, 최근 1990년대의 소설에서는 (1)의 계보보다 (2)의 계보가 강화되고 있다는 것이 전체적인 흐름이었다. 이런 현상을 좀더 구체적으로 정리하면 다음과 같이 요약된다.

(1) 홍명희 『임꺽정』(1928~1939) → 염상섭 『삼대』, 이기영 『고향』, 채만식 『탁류』·『태평천하』 → 박경리 『토지』, 황석영 『장길산』, 이문구 『우리동네』, 현기영 『순이삼촌』, 김주영 『객주』 → 송기숙 『녹두장군』, 조정래 『태백산맥』, 이문열 『변경』 → 최명희 『혼불』(1981~1996)

(2) 김동인 『감자』 → 이상 『날개』 → 최인훈 『광장』 → 김승옥 『서울, 1964 겨울』, 이청준 『당신들의 천국』, 홍성원 『남과 북』, 조세희 『난장이가 쏘아올린 작은 공』 → 이인성 『낯선 시간 속으로』, 오정희 『유년의 뜰』, 최수철 『고래뱃속』 → 1990년대 신예 작가군

장편대하소설이 (1)의 계보의 중심이라면, (2)의 계보에서는 중·단편 소설이 대다수를 차지하고, 1990년대 이후 컴퓨터 세대의 작가들의 작품에는 고유어보다 인공어가 우세하다는 사실이 확인되었다.

이러한 계보적 흐름을 바탕으로 필자가 작성한 것은 다음과 같은 토박이말의 분포도이다.

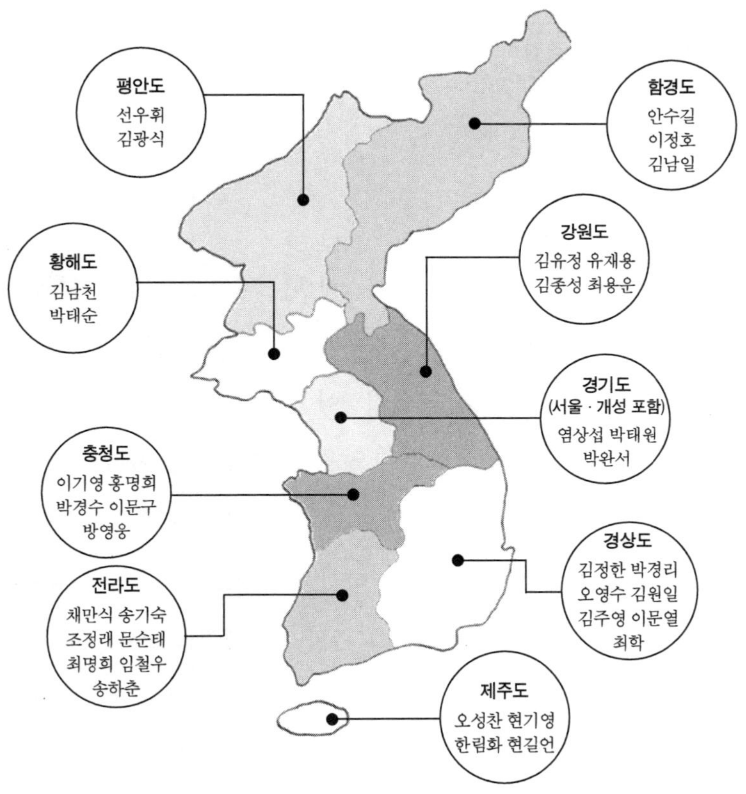

일견 평범해 보이는 이 분포도는 결코 쉽게 작성된 것은 아니다. 1,600여 편의 장 · 단편 소설, 22,084문장, 15,479개의 표제어를 종합하여 얻어진 결과이다. 그 언어학적 연구는 국어학자들에 의해 체계화되어야 할 바이지만 이 분포도를 통해서 우리는 소설어의 전국적 지리지를 최초로 작성했으며, 토박이말을 전체적으로 조감하는 하나의 시각을 얻었다고 해야 할 것이다.

* * *

『소설어사전』 디스켓을 인쇄소에 넘긴 다음, 함께 참여했던 편집·교정 위원들은 물론 모두가 커다란 해방감을 맛보았는데, 그러면서도 모든 힘을 불어넣어 하나의 작업을 이루어냈다는 성취감 또한 아울러 느끼지 않을 수 없었다. 한 사람에 의한 것이 아니라 모두의 힘이 합쳐졌기 때문에 가능했던 일이다. 우리는 글을 쓰거나 책을 편집하거나 작문을 지도하는 사람들에게 『소설어사전』이 필독서로 가까이 읽히기를 소망한다. 단어는 떠오르는데 글이 써지지 않거나, 글을 썼다 하더라도 좀 더 깔끔하게 또는 맛깔나게 살려서 쓰고자 할 때 『소설어사전』이 그들의 살아 있는 벗이 되기를 바란다. 하나의 문장을 쓰기 위해서 그리고 하나의 말을 살리기 위해서, 작가들은 얼마나 고심하였던 것인가. '고수부지(高水敷地)'라는 외래의 조어를 '둔치'라는 적절한 토박이말로 바꾸는 데 우리들은 얼마나 많은 논란을 벌였던가를 기억하고 있다. 그처럼 작가들의 말에 대한 고뇌와 땀이 함께 배어 있는 것이 『소설어사전』이다.

필자는 물론 『시어사전』과 『소설어사전』이 우리나라 출판 사상 최초로 간행되었다는 사건적 의미만을 강조할 생각은 없다. 이 책은 풍요로운 글 쓰기를 원하는 모든 사람들에게 바쳐진 책이다. 그들 모두가 이 두 사전을 아끼고 귀하게 여길수록 판을 거듭할 때마다 갈고 다듬어 더욱 튼실한 사전으로 거듭날 것이며, 그때 우리들의 국어 생활 또한 풍요롭고 깊어져 빛나는 광채를 발휘할 것이다.

김윤식 교수는 6·25 동란 후의 폐허 속에서 국문학을 시작하였을 것이며, 그 다음 세대로서 김재홍 교수와 필자는 1960년대 중반 경제적 빈곤을 벗어나고자 몸부림치던 시절에 국문학을 시작했다. 읽을 만한 책을 구하기 어렵던 시절에 마음속 한구석에 남아 있던 어떤 삶의 굶주림 같은 의지를 한데 모으고 이제 새롭게 시작하는 젊은 세대들의 힘을 합하여 만들어진 작은 도서관과 같은 것이 『시어사전』이나 『소설어사전』이 아닐까 생각해본다. 그와 동시에 20세기 일백 년 동안 우리 문학사에서 명멸해간 수많은 시인·작가들과 그리고 오늘날 현장에서 활동하는 문인들에게 깊은 경의를 표하지 않을 수 없다. 앞으로 다가오는 새로운 세기에 한국문학을 이끌어갈 많은 분들에게 이 두 권의 사전이 이런 뜻을 간직한 작은 기념비가 될 것을 소망한다면 지나친 것일까.

『소설어사전』이 간행된 다음 어떤 분이 질책과 투정이 섞인 말투로 다음과 같이 말했다. "당신 말이야 무슨 사전을 두 권씩 내고 그래……." 이 말을 듣고 필자는 겸연쩍게 "누군지 모르지만 그거야 미친 놈이지."라고 웃으며 답할 수밖에 없었다. 어쩌면 김재홍 교수와 『시어사전』을 그리고 김윤식 교수와 함께 『소설어사전』을 펴내던 지난 시간들이 필자에게는 다른 것을 생각할 여지가 없었다고 할 만큼 행복하게 일에 몰입한 시간이었는지도 모른다.

(《샘이 깊은 물》1999년 8월)

불심 즉 시심을 찾아서

1968년 겨울 처음 《법구경》을 읽었다. 그 전에 이미 《한산시》 등을 읽어 본 적이 있었던 터이지만 큰 의미맥락을 파악하지는 못했다. 막 20세를 넘어서려던 무렵 나는 알 수 없는 절망에 빠져 방황하고 있었다. 실연에 대한 아픔은 심한 자기 상실감에 빠져들게 하였으며, 문학의 길 또한 막막하고 아득해 보였다. 카프카나 니체를 읽어 쉽게 해결되지 않는 생에 대한 깊은 상실감이 나를 휩싸고 있었다.

쌀랑한 바람이 불어오는 초겨울 우연히 들렀던 책방에서 《법구경》을 구하게 되었고, 그날 밤 이 책을 밤새도록 읽으면서 느낀 마음의 평안이 불면의 밤에서 나를 구제해주었다. 그때 나의 가슴을 치고 간 것은 《법구경》의 다음과 같은 구절이다.

잠 못 드는 사람에게 밤은 길어라.
피곤한 사람에게 길은 멀어라.
바른 법을 모르는 어리석은 사람에게
아아 생사의 밤길은 길고 멀어라.

이 넉 줄의 시와 같은 명구는 불면의 밤을 보내던 맹목의 나
에게 커다란 충격으로 다가왔다. 그 후 《법구경》을 머리맡에 놓
고 잠드는 날들이 쌓여가면서 불교에 대한 나의 관심은 깊어갔
다.

1975년 〈만해 한용운 연구〉로 석사학위를 받으면서 나의 마
음 속에서는 시와 불교가 하나가 되는 구도의 길이 본격적으로
시작되었다. 작고하시기 직전까지 짧게 배운 조지훈 선생의 가
르침, 그리고 다시 1978년 《법구경》의 명번역자 김달진 선생과
의 만남은 불교에 대한 천착과 삶에 대한 통찰을 아울러 갖게
해주었다. 이 시기 《한용운전집》과 《조지훈전집》의 독파는 나
에게 불교에 대한 이해의 폭을 넓혀주었다.

《한산시》, 《유마경》, 《선종영가집》, 《한국선시》, 《원효전집》,

《보조지눌전서》 등의 불서들은 불심과 시심이 둘이 아니라 하나라는 사실을 나에게 깊게 각인시켜 주었다. 산사를 찾아 대웅전 앞마당의 정적 속에 서 있기도 하고, 경전의 섭렵은 물론 세상살이를 경험하면서 이 모두는 결국 둘이 아니고 하나라는 사실을 깨닫게 되었다.

1992년 가을 아이오와 대학 〈국제창작프로그램〉에 참가하게 되었다. 세계 30여 개국의 문인들이 모여 각기 그 나름의 문학 세계를 펼치는 이 자리에서 과연 한국인으로서 무엇을 어떻게 말할 것인가가 나에게 큰 과제로 다가왔다. 이때 이상이나 정지용 같은 한국의 대표적인 시인이 얼마나 서구적인가를 말하는 것은 나에게 어리석은 일같이 느껴졌다. 이때 읽은 것이 원효의 《금강삼매경론》과 《보조국사전서》였다. 또한 청화 스님의 《정통 선의 향훈》도 읽었다. 이 책들을 아이오와 대학 도서관에서 심사숙고하여 읽은 다음 나는 한국적 불교의 특징이 무엇이며, 한용운이나 조지훈 시의 특성이 무엇인가를 발표하였다. 나의 발표에 대해 그동안 의사소통의 불편으로 서먹서먹하던 사람들이 친근하게 다가와 관심을 표명하고, 또 자기들의 생각과 다른 사유이지만 매우 흥미롭다는 견해를 피력하기도 하였으며, 책으로 출판되면 꼭 읽어보고 싶다고 말하기도 했다. 그들이 지대한 관심을 표명하기 전까지 나는 나 자신의 사유나 시적 표현에 큰 확신을 갖지 못하고 있었다. 그러나 아이오와에서의 석 달간의 체험은 진정 한국적인 것이 무엇이고, 시인으로서 나아갈 길이 어떤 것인가를 깊이 되새겨보는 계기가 되었다. 시선의 끝까지 지평선이 이어지는 광막한 옥수수밭에서 내 마음 속에 담겨 있던 오랜 화두 하나가 옥수수알처럼 여물고 있었다.

1995년 가을 나는 다시 일본 와세다 대학에 건너가 일본 하이꾸의 대시인 바쇼를 연구하면서 6개월 동안 파묻혀 지냈다. 아이오와 대학의 프로그램에 참여한 한 미국인이 당신의 시는 일본의 하이꾸와 비슷한데 무언가 조금 다른 것 같다고 말했기 때문이다. 일본 하이꾸의 대표자이자 일본인들이 가장 사랑한다는 대시인 바쇼에 대한 연구는 여물지 않은 작은 옥수수알과 같았던 나의 시심을 더욱 풍요롭게 만들어주었다. 일본에서 귀국한 다음 집필된 것이 『하나의 道에 이르는 詩學』(1996)이란 시론집이고, 아이오와 시절부터 화두를 가다듬어 엮은 시집이 『공놀이 하는 달마』(2002)이다.

오래 전부터 내가 가지고 있었던 화두는 '달마는 왜 서쪽에서 왔는가' 이다. 많은 조사들이 임기응변으로 토해놓은 만장의 명구들을 이미 나는 여러 번 읽고 생각한 바 있었으나, 나에게는 이를 전복시켜 화두 자체를 근본적으로 뒤바꿔야 한다는 직관이 섬광처럼 지나갔다.

1991년의 석가모니 유적지를 중심으로 한 인도와 중국의 불교사원 방문, 2001년 네팔의 히말라야 기행은 내 나름대로 깨달음을 향한 구도의 여행이었다고 하지 않을 수 없다. 혹자는 나에게 질문하기도 한다. 당신의 시집 『공놀이 하는 달마』는 너무 불교에 치우쳐져 있는 것이 아니냐고. 그럴 때마다 나는 답한다. 제대로 불교의 길을 찾아가는 것이 결국은 시심과 불심을 하나로 만나는 길이며, 그렇게 할 때 진정한 시가 쓰여진다고.

종교적 편견이 세계 도처에 잠복해 있고, 최근 이라크 전쟁까지도 십자군원정과 같은 종교전쟁으로 바라보는 사람들이 있지만, 불교가 지닌 열린 마음과 열린 세계는 지금 세계 도처에서 발생되고 있는 분쟁과 갈등을 해결하는 하나의 대안이 될 수 있지 않을까 한다.

최근 〈현대시와 선시〉 과목 종강시간에 한 학생이 물었다. 불교에서 모든 것을 '무(無)'라고 하다면, 우리는 무엇 때문에 살고 무엇 때문에 불교를 공부하느냐고. 그때 나는 대학 초년생 시절 나의 마음 속에 있던 번민을 그도 역시 가지고 있구나 생각했다. '무(無)'로부터 자비와 연민이 나오고 '무(無)'로부터 '유(有)'가 나오는 것이 아닐까. 그는 방황하는 마음의 초입에 서 있지만, 오늘의 나 또한 '무(無)'자 화두를 참구하면서 시심을 연마하고 있다.

(《불교신문》 2004년)

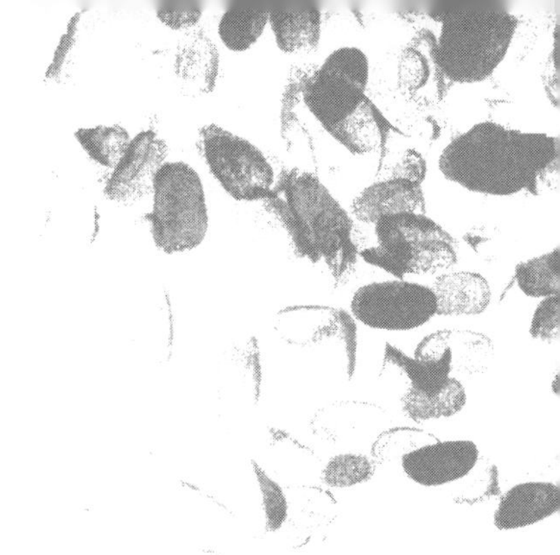

2부

문사의 길 또는 정신사의 높이

— 조지훈의 생애와 문학적 기품

우리 곁에 살아 있는 인간 조지훈

조지훈 선생과 필자와의 인연은 실낱과 같다. 대학시절 〈문학개론〉과 〈시론〉을 두 차례 수강할 기회가 있었지만, 이미 지병이 심화된 지훈은 거의 강의를 제대로 진행할 수 없었다. 한 학기에 두어 번 출강하여, 우람한 목소리와 더불어 창밖의 먼 곳을 바라보는 시선으로 하여 우리에게 알 수 없는 문학의 길과 시의 미래를 선가의 가르침처럼 시사했을 뿐이다.

지훈 선생의 개인적 지병의 악화를 잘 모르고 있던 필자에게는 갑작스럽게만 느껴지던 어느 늦은 봄날, 지훈은 우리들 곁을 떠났다. 먹구름이 짙게 드리운 날 거행된 영결식에서 목월 선생이 음울한 목소리로 낭송하던 조시를 먼발치에서 듣고, 마석역 너머의 산등성이에 자리 잡은 묘자리에 봉분이 다져지는 것을 바라보았다. 당시 문과대학에 재직 중이던 왕학수 교수가 비통한 눈물을 주먹으로 씻으며 내뱉던 비통한 고별사를 두근거리는 마음으로 들었다. 죽음이란 무엇인가 미처 깊이 생각해 볼 겨를도 없이 서둘러 국밥을 먹고 학교 버스를 타고 산소에서 돌아온 것이 지훈에 대한 직접적인 추억의 거의 전부이다.

그러나 지훈은 우리의 곁을 떠나지 않았다. 시를 공부하고 시를 쓰겠다던 문청시절 나의 방황은 그때부터 시작되었지만, 내가 만날 수 있었던 많은 분들에게 지훈은 경모의 대상으로 떠올려졌다. 거의 같은 시기 대학원을 다녔던 바로 윗학번 김명인, 김인환 등은 물론이고 오탁번, 서종택 그리고 박노준, 인권환, 홍일식 교수 등에 의해 지훈은 어두운 죽음의 베일을 들추고 우리와 자리를 함께하였다. 때로는 지훈을 고려대학교로 초빙하는 데 일조를 하였다는 김종길 선생에게서도 지훈의 이야기는 간헐적으로 떠올랐다. 동국대학 졸업생들에게서 그리고 문단의 여러 선배 시인들에게서 또한 서울대학은 물론 국내 여러 대학의 석박사 논문에서도 지훈의 문학이 주제가 되기도 하였다. 지훈에 대한 이야기는 좁은 안암동만이 아니라 전국 도처에서, 사회의 각계각층에서 듣게 되었다. 그리고 최근 그의 목소리는 우리에게 더 크게 울려퍼지고 있다.

왜 그러할까. 이러한 의문은 쉽게 풀리지 않았다. 지훈의 시를 읽고 논설을 읽어도 쉽게 납득되지 않았다. 그러나 최근 나남출판사에서 간행된 『조지훈전집』 9권을 접하고 나서야 필자는 어렴풋이 그 이유를 알게 되었다.

지훈은 하나의 커다란 산맥이다

시인 지훈, 학자 지훈, 논객 지훈 이 중 어느 하나도 빠질 것이 없는 것이 인간 조지훈이다. 고은은 20여 년 전 "서정주는 하나의 정부다"라고 단언한 적이 있다. 1980년대를 지나면서 필자는 때로 이 언명이 과장된 것이 아닌가 의아심을 가진 적이 있다. 그러나 90년대 중반 팔순이 지나서도 왕성한 시작활동을 계속하는 미당 서정주를 볼 때 고은의 발언은 그 나름의 설득력 있는 예견이었다고 생각되었다. 그럼에도 이는 어디까지나 시인으로서의 길을 뜻하는 것이 아닐까.

이 점에서 지훈은 동세대의 다른 시인들과 확연히 구분된다.

오히려 지훈적 인간상은 더 거슬러 올라 만해 한용운에게서 어떤 예를 찾을 수 있을지도 모른다. 시인, 학자, 논객 이 세 가지를 하나로 아우른 전인적 인간상으로서 지훈의 남다른 특징이 여기서 부각되기 때문이다.

시를 다루는 언어적 장인술이나 지식만을 포함한 직업적 전문성 그리고 재빠른 변신을 일삼는 사회적 처세술과 지훈은 격이 다른 존재였기 때문이다. 세기말의 과도기적 혼란이 가중될수록 사람들은 이 시대를 밝혀줄 등불로서 스승을 찾기 마련이다. 그러나 시인들은 언어적 연금술에 골몰하고 지식인이나 교수들은 지식의 바겐세일을 일삼고 사회지도층 인사들은 시세에 따라 자신의 이익을 뒤쫓는 변신을 거듭하기에 영일(寧日)이 없는 것은 아닐까. 이러한 사회문화적 상황을 인식했음인지 『조지훈전집』의 편집 위원들은 그 서문을 다음과 같이 기술하고 있다.

지훈(芝薰) 조동탁(趙東卓, 1920-1968)은 소월(素月)과 영랑(永郎)에서 비롯하여 서정주(徐廷柱)와 유치환(柳致環)을 거쳐 청록파(靑鹿派)에 이르는 한국 현대시의 주류를 완성함으로써 20세기의 전반기와 후반기를 연결해 준 큰 시인이다. 한국 현대문학사에서 지훈이 차지하는 위치는 어느 누구도 훼손하지 못할 만큼 확고부동하다(……)

지훈은 항상 현실을 토대로 하여 사물을 구체적으로 파악하려 하였고 멋을 척도로 하여 인간을 전체적으로 포착하려 하였다. 지훈은 전체가 부분의 집합보다 큰 인물이었다. 지훈의 면모를 알기 위해서는 그의 전체상을 살펴볼 필요가 있다. 한국의 현대사를 연구하려는 사람은 반드시 먼저 한국 현대정신사의 지형을 이해해야 한다. 우리는 지훈의 전집이 한국현대정신사의 지도를 완성하는 데 기여하리라고 확신하고, 지훈이 걸은 자취를 따르려는 사람들뿐 아니라 지훈을 비판하고 극복하려는 사람들에게도 지훈의 전모를 객관적으로 인식할 수 있게 해야 한다고 생각하여 오래 전에 절판된 전집을 편찬하기로 하였다.

— 『조지훈전집』 서문

우리시대의 역사적 교훈인 〈지조론〉과 〈의기론〉

위와 같은 『조지훈전집』의 서문처럼 지훈은 '한국현대정신사의 지형'을 이해하기 위해 거쳐야 할 필수 관문 중의 하나라고 하지 않을 수 없다. 특히 사회·문화적 혼란은 물론 정치적 난

맥상이 두드러진 시대에 우리의 갈 길을 바로 잡기 위해 조지
훈의 명문장 「지조론」를 읽는 것은 혼탁한 세태에 한 줄기 맑은
샘물을 찾는 마음에서 비롯되는 일일 것이다.

지조(志操)란 것은 순일(純一)한 정신을 지키기 위한 불타는
신념이요, 눈물겨운 정성이요, 냉철한 확집(確執)이요, 고귀한 투
쟁이기까지 하다. 지조가 교양인의 위의(威儀)를 위하여 얼마나
값지고 그것이 국민의 교화에 미치는 힘이 얼마나 크며, 따라서
지조를 지키기 위한 괴로움이 얼마나 가혹한가를 헤아리는 사람
들은 한 나라의 지도자를 평가하는 기준으로서 먼저 그 지조의
강도(强度)를 살피려 한다. 지조가 없는 지도자는 믿을 수가 없고
믿을 수 없는 지도자는 따를 수가 없기 때문이다. 자기의 명리(名
利)만을 위하여 그 동지와 지지자와 추종자를 일조(一朝)에 함정
에 빠뜨리고 달아나는 지조 없는 지도자의 무절제와 배신 앞에
우리는 얼마나 많이 실망하였는가.

「지조론」, 《새벽》 1960년 3월

"지조는 선비의 것이요, 교양인의 것이다"라는 조지훈의 명
제는 한국의 유가적 전통의 황금 부분을 그대로 적시한 것이

다. 지훈은 권모술수에 능한 직업 정치인보다 품격의 정치 지도자를 국민 전체가 충정으로서 대망하고 있음을 위의 글에서 강조하고 있다. 장사꾼이나 창녀에게 지조를 바라는 것이 아니라 선비와 교양인과 지도자의 절대 덕목이 지조이다.

이 글이 발표된 시기를 고려할 때 우리는 다음과 같은 가정을 던져볼 수 있다. 자유당정권이 말기적 증세를 드러내고 있을 무렵 일부 사회지도층 인사들이 썩은 고기를 탐하듯 권력에 아부하고 굴종하는 것을 통렬히 비판한 것이 지훈의 날카로운 지성이다.

권력에 굴하지 않는 신념으로 '지조'의 중요성을 설파한 지훈은 한 정권의 말기적 파행성을 사심 없이 지적했음은 물론이거니와 여기서 우리는 4·19를 예감하는 지훈의 역사적 선견지명(先見之明)의 일단도 읽을 수 있다.

지훈은 이에 머무르지 않고 여기에서 한 걸음 더 나아가 그의 「의기론(意氣論)」에서 고사지도(高士之道)와 치자지도(治者之道)를 다음과 같이 밝히고 있다.

'심장이불시(深藏而不市)'는 동양의 고사(高士)가 지켜온 신조이다. 나는 이런 재주가 있노라고 자가 선전의 기치를 들고 날

뛰는 양풍(洋風)의 현대 지식인의 눈으로 본다면 재주를 깊이 감추어 놓고 팔지 않는다는 것은 한갓 바보로밖에 보이지 않을 것이다. 그러나 경륜과 포부를 지닐 뿐 저자에 내놓고 팔지 않는 것은 '도광양덕(韜光養德)'의 아름다운 마음씨임에 틀림없다. 빛을 감추고 덕을 기른다는 것은 옥에 흙을 묻혀 들에 버려진 것을 아는 사람은 안다는 것이다.

그러기에 동양의 정치는 '야무유현(野無遺賢)'을 이상으로 삼는 것이 아닌가. 경륜이 있는 자는 스스로 감추지만 현명한 치자(治者)는 그를 찾아내야 하고 끝내 찾고야 마는 것이다. 그러므로 유능하고 경륜 있는 사람을 초야에 묻혀 썩게 하고 아첨하는 소인배(小人輩)만을 등용하는 치자(治者)는 망하고 마는 것이 아닌가.

「의기론(意氣論)」, 〈국민일보(國民日報)〉 1961년 7월 3일

거의 40여 년 전에 발표된 〈지조론〉과 〈의기론〉를 음미하며 읽을 때 우리는 어떤 숙연함을 느끼지 않을 수 없다. 작금의 사회·문화적 상황은 이보다 악화되면 악화되었지 크게 개선되었다고 여겨지지 않기 때문이다. 지훈의 식견과 논리가 아직도 빛을 발하는 것은 우리에게 불행한 일인지도 모른다. 그러나

물질만능의 기계문명이 극단적으로 추구될수록 한 인간으로서 품격은 물론 교양인으로서 위의가 절실히 요구된다는 점에서 지훈의 논점은 우리에게 시대의 바른 길을 가르쳐주는 것이라 하지 않을 수 없다.

선비의 바른 길, 교양인의 바른 길은 실로 인간으로 성의 품격을 갖추어야 한다는 것이 아닐까. 시 또한 그러할 것이다. 시의 바른 길은 시인의 바른 길과 서로 분리된 것이 아니다. 시를 공부해보려 한 나에게 지훈이 강렬하게 미친 영향이 바로 이것이다. 시의 바른 길을 구상한다는 것은 시인으로서 바른 길을 가야 한다는 것에 다름 아니다. 1970~80년대 좌우로 요동치던 과도기 상황을 살았던 필자에게는 더욱 그러했다. 이는 40~50년대의 격동기를 헤치고 나와 50년대적 혼란상에 대성일갈한 지훈이 필자에게 남겨준 역사적 교훈이자 삶의 지혜일 것이다.

詩人은 먼저 민족시(民族詩)를 말하기 전에 그냥 詩 자체를 알지 않으면 안 된다. 먼저 詩가 된 다음 그것이 민족시도 되고 세계시도 될 수 있는 것이므로 詩의 전통(傳統)이 확립(確立)되지 못한 이 땅의 詩가 民族詩로서 世界詩에 가담(加擔)하기 위하여서 먼저 일어날 것은 순수시운동(純粹詩運動)이 아닐 수 없다.

純粹詩의 運動은 곧 詩의 본질적(本質的) 계몽운동(啓蒙運動)인 동시(同時)에 그의 발전(發展)이 民族詩의 수립(樹立)이기 때문이다.

「순수시의 지향 민족시를 위하여」, 《백민(白民)》 1997년 1월

좌우의 대립이 백가쟁명으로 격화되었던 해방 시단에 그 시적 지향점을 밝힌 위의 글은 시의 정도를 확고하게 설파했다는 점에서 역사적 의의를 갖는다. '순수시/민족시/세계시'를 하나의 범주로 포착하여 시 그 자체에 논의의 중점을 두었던 것은 사회적 기류나 정치적 혼란에 흔들리지 않는 그의 주체적 시학의 근거를 말해주는 것이라 하겠다.

세계화의 시대 속에서 울리는 지훈의 사자후

시인으로서, 학자로서, 논객으로서의 지훈을 말함에 있어서 결코 빠뜨릴 수 없는 것은 그가 체현한 한국적 풍류와 멋이다. 그의 추상 같은 논리의 이면에 있는 다정다감하고도 따뜻한 그의 인간미를 간과한다면 우리는 살아 있는 인간 지훈을 놓치기 쉽다.

그가 마시는 것은 '삼도주(三道酒)'이며 그가 거하는 곳은 '방우산장(放牛山莊)'이다. '삼도주'란 무엇인가. '중니(仲尼) 선생이 애써 가꾸신 쌀과 노담옹(老聃翁)이 손수 만든 누룩으로 실달다(悉達多) 상인(上人)이 길어 오신 샘물로 빚은 술'이 바로 삼도주라고 그는 말한다.

'방우산장'은 어디에 있는가. 오대산 월정사에 있었다고 하고 성북동에도 있었다 한다. 그러나 지금은 이 지상에서 소멸되고 저 지하의 이름 모를 나무 뿌리에나 새겨져 있을 것이다. 지훈은 말하기를 '방우즉목우(放牛卽牧牛)'라고 했다. 소를 놓아주는 것이 소를 기르는 것이다. 어쩌면 무애인의 경지를 그 나름으로 표현한 것이 '방우(放牛)'이다. 만해 선생이 성북동에 '심우장(尋牛莊)'을 짓고 살았다면 지훈은 그 아래 방우산장을 짓고 또 허물었다. 오늘의 '방우산장'은 그의 전집 속에서나 찾을 수 있을 것이다.

지훈은 「방우산장기」에서 다음과 같이 말하고 있다.

나의 소는 어느 때든지 마침내 내 집으로 돌아오리라. 그러므로 떠나고 다시 오지 않는 새를 사랑한다. 소가 죽어서 새가 되었다고 생각할 수가 없다. 그러나 나의 소는 저 산새 소리를 따라서 어디론가 뛰어간 것에 틀림 없다. 낙엽이 날리는 산장을 쓸며 나는 소를 기다리지 않고 시를 쓰며 산다.

「방우산장기」, 《신천지(新天地)》 1953년

소는 떠나가고, 나는 떠나간 소를 기다리지 않는다. 언젠가 돌아올 것을 알기 때문이다. 소를 애써 기다리지 않고 시를 쓰며 사는 것이 탈속한 지훈의 삶이었고 생활의 멋이었다. 지훈 또한 오늘의 우리에게는 새 소리를 듣고 뛰어나간 소가 아니던가.

그 어느 때보다 스승이 그립고 진정한 선비가 그리워지는 시대이다. 지조의 강도를 실험해야 하는 시대일수록 불행한 시대일 것이다. 지훈 자신의 시대가 그러했던 것처럼 지훈과 같은 스승이 그리워지고, 그리하여 지훈의 글을 새롭게 읽는 시대 또한 불행한 시대이리라. 그러나 오늘의 우리는 불과 40여 년 전에 지훈이 외친 사자후를 산을 울리는 우레소리처럼 다시 한 번 되새겨보지 않을 수 없다.

세계화의 시대라는 허울 좋은 표어가 우리를 허전하게 하고, 정치·사회적 상황의 난전이 우리를 우울하게 한다. 이제 '지훈학'의 탐구는 화석화된 과거를 위한 것이 아니라 오늘의 우리에게 절실하게 요구되는 민족 문화의 새로운 도약을 위해 넘어서야 할 하나의 과제로 떠오른다.

지훈은 산장에 날리는 낙엽을 쓸었지만 오늘의 우리에게 지훈은 넘어서야 할 커다란 산맥으로 다가선 지훈을 타파하자. 신록이 푸르다.

(《문학사상》 1997년 6월)

아버지의 명함 한 장

카프카는 〈아버지께 드리는 편지〉에서 '제 글쓰기의 주제는 아버지이십니다.' 라고 했다. 그러나 나의 아버지에 대해서 나는 무어라 할 말을 많이 갖고 있지 않다. 어디서부터 무엇을 어떻게 말머리를 시작해야 할지 모르겠다. 그분과 나 사이의 오랫동안 서로가 지켜왔던 무관심의 장벽을 어떻게 넘어서야 할지 알 수 없기 때문이다.

1999년 11월 초 갑자기 혈압으로 쓰러지셨다는 소식을 듣고 방문교수로 가 있던 UCLA에서 펼쳐 보던 책을 덮고 서둘러 귀국했을 때 다행히 아버지는 곧 회복되어 건강을 되찾았던 까닭에 별다른 일이 없을 것 같았다.

그러나 일주일 후 출국을 서두르던 중 아버지는 다시 병원에 입원하였으나 하루를 지내고 조금 회복세를 보여 모두 안도의 마음을 가지려 할 찰나에 21일 오후 6시경 이승을 영영 하직하셨다. 마치 아들인 내가 출국하기 전에 부담을 주지 않고 이승에서의 삶을 마무리하기라도 해야 되는 것처럼 홀홀히 세상을 떠나셨다. 따뜻한 체온이 식어가는 그분의 손을 붙잡고서 잠시나마 삶과 죽음의 경계를 실감하지 않을 수 없었다. 전날 저녁 무언가 말씀을 해보시라 해도 예전처럼 무표정한 얼굴로 별 말씀 없이 웃으셨다. 집으로 금방 돌아갈 텐데 무얼 그러느냐, 다시 한 번 더 보았으니 이제 너는 외국에 나가도 괜찮다는 담담한 표정이셨다.

분망하게 초상을 치르는 과정에서 정작 나를 놀라게 한 것은 문상 온 가까운 친구들의 말이었다. "아니 최형 아버지가 지금까지 살아계셨단 말이야. 자네는 우리들에게 한 번도 아버지에 대해 말한 적이 없었던 것 같은데……." 이 말을 듣는 순간 나는 고인에게 무슨 큰 죄라도 진 것 같은 죄책감을 지울 수 없었다.

그렇다. 아버지와 나 사이는 절대적인 무관심이라고 표현할 수밖에 없는 것처럼 대화가 단절된 어떤 거리가 있었다. 40대

초반 5·16 군사혁명에 의해 타의로 관직을 물러나 1980년 초반까지 뚜렷한 직업을 가지지 않으셨던 나의 아버지였다. 오직 침묵과 무관심만이 서로에게 상처를 입히지 않는 유일한 일이라고 생각한 것이 고등학생 시절부터의 나의 판단이었는지 모른다. 그러나 아이러니컬하게도 내가 대학을 지망하는 데 결정적 계기를 만들어주신 것은 나의 아버지였다.

대학진학 원서를 쓰기 얼마 전 국문과 이외에는 진학하지 않겠다는 나의 소신과 법과나 상과를 지망하라는 가족들의 요구 사이에서 내가 끝까지 나의 고집을 꺾지 않아 집안에 심한 긴장감이 감돌고 있었다. 입학원서 마감 바로 전날 밤 아직도 어떤 결정을 못하고 있는 상황에서 긴 침묵으로 일관하시던 아버지가 무겁게 말씀하셨다. "그래 네가 꼭 가고 싶다면 국문과에 가도 좋다." 모두 당황할 수밖에 없었다. "그러나 시시하게 하지는 말아라." 가장 반대할 줄 알았던 아버지 입에서 이 말이 떨어지자 온 가족이 어리둥절할 수밖에 없었다.

일생에서 대학 진학시 학과 결정보다 어려운 일이 있을까. 윤동주에게도 최대의 고민은 의과나 법과를 진학하라는 아버지의 권유를 무릅쓰고 문과를 지망하는 것이었다. 아버지의 반대가 너무나 완강하여 이들 부자는 한 달 남짓 서로 말도 하지 않는 심한 냉전을 치렀고, 할아버지의 중재로 겨우 해결의 실마리를 찾았다고 한다.

　물론 대학을 진학한 후에도 아버지와 나 사이에 어떤 깊은 대화가 있었던 것은 아니다. 고등학교 시절처럼 아무 말 없이 서로가 지켜야 할 최소한의 예의를 지켰을 뿐이다. 내가 군대를 마치고 대학원에 진학한 다음에도 아버지는 나에게 특별한 관심을 기울이지 않는 것처럼 행동하셨다. 그분의 일 또한 나의 고등학교 시절 이후 제대로 풀리는 것이 거의 없었다 해도 과언이 아니었다. 박사가 되고 교수가 되었다고 내가 말했을 때 잠시 스쳐가듯 반색하는 표정을 지은 것이 이에 대한 반응의 전부였다고 할 정도가 아니었을까.

　그러나, 장례식을 마치고 미국으로 다시 돌아가려 할 때 쓸쓸한 어조로 어머니는 나에게 말씀하셨다. "글쎄 아버지가 쓰러져 아파트 경비에게 업혀와 내가 아버지를 응급실로 보내고, 집에 돌아와 와이셔츠를 빨려고 보니 윗 주머니에서 오래된 네 명함이 나오더구나." 무언가 강하게 전해오는 울림이 나를 엄습해옴을 느끼지 않을 수 없었다. 처음 대학전임이 되었을 때 누군가 기념으로 만들어주었던 명함 한 장을 아버지가 내내 간직하고 있었다는 사실에 나는 놀라지 않을 수 없었던 것이다.

"주소도 전화번호도 다 틀린 옛날 것일 텐데……" 하며 나는 말 끝을 흐릴 수밖에 없었다.

일본과 달리 우리 한국의 문인들은 명함을 거의 쓰지 않는 것이 일반적 관례인 까닭에 명함은 거의 사용하지 않는 것이 나의 습관이기도 하다. 그러나 가까운 친구가 처음 만들어준 명함을 아버지께 기념으로 한 장 드렸던 것뿐인데 그분은 그 명함을 10년 이상 가지고 계셨던 것이다. 분명하지는 않지만 명함을 드릴 때도 그러냐는 듯 무덤덤하게 받아주셨던 것으로 기억한다.

이 명함 한 장이 아버지가 나에게 취해 온 무관심 속에 담겨 있던 뜨거운 관심의 징표로 내게 남아 있다. 아버지의 무관심이 사랑임을 깨닫기 위해 얼마나 많은 침묵의 세월이 필요했던 것일까. 나 또한 이미 오십이 넘었고 아이들 또한 고등학생과 대학생이 되었다. 그들에게 관심을 표명하기보다는 무관심한 척하면서 그들을 지켜보는 경우가 많다. 역설적이지만 카프카를 괴롭힌 것은 아버지의 지나친 관심이었다고 생각하기 때문이다. 다른 집과 달리 왜 적극적으로 자기들에게 관심을 표현하지 않느냐고 나의 아이들이 투정할 때에도 나는 말 없이 그들을 지켜보기를 좋아한다. "진실한 사랑은 말로 표현되지 않는거야.”라고 나 자신에게 중얼거리면서. 나의 아버지가 마지막 쓰러지시는 순간 가슴 속에 간직했던 한 장의 명함처럼 그 어떤 말보다 큰 울림을 전해주고 싶기 때문에 그들에 대한 나의 깊은 사랑을 아껴두는 것이리라.

(《월간 에세이》 2002년 5월)

역경의 무명성과 시적 자기 발견

— 월하 김달진이 지향한 삶

1. 법구경과의 만남

　김달진 번역의 『법구경』을 읽은 것은 1968년 겨울이었다. 왜 그 책을 구득하게 되었는지는 분명하지 않다. 그러나 이 한 권의 책은 나에게 색다른 감명을 주었다. 이때 나의 젊음은 스스로가 스스로에게 상처받을 만큼 예민하였고, 그 어떤 것도 쉽게 나에게 위안을 줄 수 없었다. 오직 안으로 치달리는 자기탐닉 폐쇄성에 빠져 있던 시절이었다. 어느 잠 못 드는 밤 나는 우연히 『법구경』을 펼쳐 들었다. 짧고 간명한 어구들은 스스로에게 고통 받는 젊은 영혼에게 평안과 휴식을 주었다. 언뜻 보아 처음 눈에 들어온 구절은 아마도 '잠 못 드는 자에게 밤은 길고 피곤한 자에게 갈 길은 멀다'와 같은 짧은 경구들이었지만, 샘물처럼 맑고 투명한 울림이 전해져 왔다.

다른 번역본에는 없는 역자 특유의 해설 또한 『법구경』을 읽는 난외의 기쁨을 더해주었다. 젊은 날 깊이 번민해보지 않은 사람이라면 쓸 수 없는 구절들이 그때 나에게 커다란 위안을 주었기 때문이다.

그 이후 『법구경』은 내 잠자리의 반려자가 되었다. 마음이 흔들릴 때마다 이 책을 펼쳐 보는 것은 어쩌면 나의 심적 취약성을 달래는 하나의 치유법이 되었다고 할 것이다.

대학을 졸업한 후, 군복무를 마치고 학교로 돌아와, 대학원 석사논문을 쓴 1970년대 초에 『법구경』은 나의 기억 저 편에서 사라져 있었다. 1976년 어느 겨울 나는 다시 『법구경』을 읽어보았다. 나를 놀라게 한 것은 이미 문단에서 종적을 찾을 수 없어 작고한 것으로 알았던 김달진 선생이 돈암동 어딘가에 살아 계신다는 것이 그 첫째요, 그분이 계속해서 불경을 번역하고 계신다는 것이 그 둘째였다. 특히 자신의 이름을 감추고 지난 20여 년 가까이 매일같이 20~30매 분량의 불경을 번역했다는 것은 세속적 명리를 추구하려던 나에게 커다란 충격을 주었다.

후일 선생에게 물었다. 선생님의 이 작업이 무슨 의미가 있느냐고. 선생은 빙긋이 웃으며 답했다. 부처님의 가르침을 전해주는 것이 자신의 소명이자, 서원이라고. 언제 왜 그 일을 시작하셨느냐고 물었다. 한학은 시골 서당에서부터 공부하였고, 1962년『한산시』를 번역 출판하였는데, 이 책을 보시고 봉선사 운허 스님으로부터 전갈이 와 만나 뵈었더니 당신과 함께 한글 역경사업을 같이 하지 않겠느냐고 권유해, 돈 많은 절에서 오라고 하는데 거기로 갈까 어쩔까 망설이다가, 내 생을 여기에 바치기로 마음먹고 이 일을 계속해왔다는 것이다. 시는 어떻게 하시고요. 또 다시 선생은 빙긋이 웃을 뿐이었다.

2. 생애와 저작

월하선생은 1907년 2월 4일 경남 창원군 웅동(현재 진해시 소사동)에서 태어났다. 개화가 빨리 진행된 이곳 유지들이 세운 기독교계통의 계광보통학교를 졸업하고 선생은 서울에 올라와 중앙고보를 다녔으나 신병으로 중단하고 향리에서 요양 후 다시 1920년 초에 경신중학을 다녔지만 일본인 영어교사 추방운동을 벌이다 퇴학 당하여 다시 고향으로 돌아와 모교에서 교편생활을 하였다.

일본으로 유학 간 장형 동진씨로부터 일본으로 유학 오라는 서신이 여러 차례 있었지만 그 쪽에는 별 뜻을 갖지 않고『일본문학전집』과『세계대사상전집』을 섭렵하며 지내던 틈틈이 시작 노트를 만들던 그는 어느 날 밤 찢어진 벽지 사이의 초벌 신문지에서 뚜렷이 보이는 '불(佛)' 자를 발견하는 순간 섬광처럼 마음속을 꿰뚫는 강렬한 자극을 받았다.

이때부터 배달민족에 대한 구원을 하느님의 가호만 의지하고 빌던 예배당을 멀리하였으며, 1933년 가을 그는 선친의 심부름으로 가서 받은 소작료를 여비 삼아 부모와 처자를 버리고 고향을 떠났다.

강릉을 거쳐 동해안을 따라 올라가다 눈을 만나 한해 겨울을 설악산의 한 암자에서 보낸 그는 이듬해 봄 금강산 유점사에 들어가 석가탄신일인 4월초파일 김운악 주지스님을 은사로 삭발하고 불문에 들어서게 된다. 그해 여름 변설호 스님에게『능엄경』에 대한 법문을 들었고 1935년에는 백용성 스님의 함양 백운산의 화과원(華果院)에 들어가 반선(半禪) 반농(半農)의 수도생활을 하면서 당시 용성 스님이 번역하시던 『화엄경』의

윤문에 참여하게 된다.

월하선생이 불경의 번역에 참여한 것을 이때부터 따진다면 그는 근 50여 년 역경에 참여한 것이며, 철 모르는 내가 한국의 '구마라즙'이라 애교 섞인 말로 명명한 것도 이 때문이다.

화과원에서 참선과 역경에 진력하던 그에게 유점사 김운악 스님으로부터 부름이 날아온다. 유점사 공비생으로 〈불교전문학교〉(오늘날 '동국대학교'의 전신)에 1936년에 입학한 그는 여기서 서정주, 김동리, 오장환 등을 만나고, 이들과 함께 《시인부락》 동인이 되어 문단활동을 하기도 한다. 3년간 전문학교에서 학승생활을 마친 그는 다시 유점사로 돌아와 법무(法務)가 되어 70여 사찰의 본사·산사를 두루 다니며 강론한다. 김달진은 이때마다 시국에 대한 불온한 발언을 계속해 요시찰인물이 되고, 특별히 그를 감시하던 일경을 눈속에 처박은 사건이 일어난 다음 주변의 권유로 유점사를 탈출하여 용성스님이 만주 북간도에 세운 대각교농장을 찾아가 일년 여를 머문다. 용성스님의 입적 후 대각교 농장은 분쟁에 봉착하게 되고, 유점사에서 다시 돌아와도 좋다는 전갈을 받고 금강산 유점사로 돌아온 그는 1945년 민족 해방의 날을 맞이하자 자신의 진로에 대해 어떤 결단을 내려야 한다는 깊은 고뇌에 빠진다.

그러나 산중에 그대로 박혀 있는 것보다는 해방조국의 뜻 있는 일에 참여하고 싶다는 희망을 가지고 하산한다. 8·15광복 직후 서울에 온 월하는 전에 한두 차례 뵌 적이 있던 춘원선생을 찾아갔고, 춘원선생의 소개로 당시 동아일보 주간이던 설의식선생을 알게 되어 편집국 문화부 기자가 된다. 동시에 1947년 11월에는 청년문학가협회 부회장이란 직함도 가지게 된다. 그러나 해방후의 정치적 소용돌이가 휩쓰는 와중에 승려생활을 해본 그에게 이런 사회활동이 적격이 아님을 판단하고 장형 동진씨가 변호사로 일하던 대구로 낙향한다. 1948년 경북여자중학교에서 시작하여 1949년에는 진해중학교로 자리를 옮겨 근무하다가 1962년 남면중학교 교장에서 퇴직시까지 교직생활을 계속한다.

1929년 《문예공론》에 양주동의 선으로 「잡영수곡(雜泳數曲)」으로 문단에 등단한 김달진은 1936년 서정주, 오장환, 김동리 등과 《시인부락》 동인활동을 했으며 1938년에는 「샘물」을 동아일보에 발표하고 1940년에는 시집 『청시(靑枾)』를 간행한다. 1947년에는 대구에서 창간된 《죽순(竹筍)》 동인이었던 그는 문단에서 잠적하고 1954년에 『손오병서(孫吳兵書)』, 1957년에 『고문진보』, 1962년에 『한산시』 등 동양의 고전을 번역 출간했다.

특히 『한산시』의 발간은 불교와의 인연을 다시 맺게 만들어 주었다. 교직생활에서 물러난 김달진은 당시 봉선사 주지이자 역경원장이었던 이운허 스님을 법사(法師)로 모시고 동국대학교 역경원(譯經院)에서 고려대장경역경사업에 착수하여 1989년 작고시까지 이 일을 계속한다. 월하(月下)라는 당호는 이때 운허 스님이 지어준 것이다. 물론 간간이 『법구경』(1965), 『장자』(1965), 『해동고승전』(1972), 『태고집』(1972), 『불교설화집』(1974), 『허응당집』(1977) 등을 세상에 선보이지만 그의 주된 사업은 세상 사람들에게 알려지지 않는다. 월하선생은 1983년 불교정신문화원으로부터 〈한국의 고승석덕〉으로 추대된다. 물론 선생은 이를 내세우거나 표나게 자랑한 적이 없었다.

월하선생이 문인으로 다시 세간에 거듭 난 것은 『한국선시』(1985) 출간이 결정적이었고, 이어 『금강삼매경론』(1986), 『당시전서』(1987), 『보조국사전서』(1988) 등이 그의 건재를 일반인들에게 알려준 계기가 된다.

문단에서 시인으로서의 이름을 감추었던 월하는 1983년 등단 이후 50여 년 만에 시전집 『올빼미의 노래』를 간행함으로서 자신이 결코 절필한 시인이 아님을 확인시켜주었으며, 작고 직후 간행된 『한국한시』 1·2·3권은 꼬박 3년이 넘은 시간을 공들인 것으로 그 이전까지 누구도 집약시킬 수 없었던 커다란 업적이었다. 아마도 이것이 자신이 마지막 작업이 될 것을 선생은 예감하였을 것이다. 물론 월하선생이 심혈을 기울인 역경사업은 대략 20여 년간 집중적으로 지속되었으며 이 기간 동안 월하는 대략 200자 원고지 15만 장 정도의 불경을 번역한 것으로 추산된다. 이 모두는 거의 대부분 자신의 이름을 밝히지 않은 채 『한글대장경』 속에 갈무리되어 있다.

왜 이름을 밝히지 않느냐는 나의 질문에 월하선생은 그렇게 하는 것이 부처님의 참뜻이라고 답했다. 큰 진리가 있는데 소소하게 자기 이름이나 알리려고 한다면 애초에 역경사업에 뛰어들 필요가 없었다는 것이다.

죽고 나면 모든 것이 없어지는 것인데, 구태여 이름 따위가 무엇이냐는 것이 월하선생의 지론이고, 또 그것을 실천한 것이 월하인 것이다. 60대 이후 월하선생은 매일 새벽 5시경에 일어나 참선하고, 그 다음 해가 동터올 무렵까지 2~3시간 작업에 몰두한 다음 간략한 아침 식사 후 오전 내내 책상을 떠나지 않다가 점심 후는 유유자적하게 하루를 보내는 것이 통상적이었다. 노년에는 동네 막걸리집이나 생맥주집에서 처음 만나는 이름 없는 시정사람들과도 허물없이 이야기를 나누며 어울렸다. 물론 그 자신은 많은 말을 하지 않고 남의 말을 들었다. 눌변이 그의 특징이었다. 그때 당시에 깨닫지 못했지만 지금 생각해 보면, 이러한 삶의 모습들이 중생들과 함께하는 삶의 실천이라는 점에서 남다른 것이라 하겠다. 옛말에 '소은(小隱)은 산에 숨고, 대은(大隱)은 시정에 숨는다'는 말이 있는데 바로 그러한 월하의 삶을 지칭한 것이 아닐까 한다.

3. 김달진의 시와 불교사상

불교역경사업의 선구자로서 월하의 업적은 우뚝한 것이지만 동시에 시인으로서 김달진의 문학적 성과 또한 그 중요성을 간과할 수 없다. 불교인으로서 월하의 구도정신은 시인 김달진으로서의 길과 겹쳐지면서 전인적인 월하 김달진이 생생해지기 때문이다. 시적 어구로 다듬어진 그의 우리말 문장들은 역경사업에 한결 광채를 더하게 했으며, 종교인과 시인이 마주치는 자리가 바로 김달진의 출발점이자 종착점이 되었기 때문이다.

크게 보아 시인 김달진의 시적 전개는 다음 네 편의 시로 집약될 수 있다. 「샘물」(1938) 「청시」(1941) 「벌레」(1947) 「씬냉이꽃」(1990) 등이 그의 대표적 시편이다.

> 숲 속의 샘물을 들여다본다
> 물 속에 구름이 있고 흰 구름이
> 떠가고 바람이 지나가고
> 조그만 샘물은 바다같이 넓어진다
> 나는 조그만 샘물을 들여다보며
> 동그란 地球의 섬 우에 앉았다
>
> —「샘물」전문

윤동주의 「자화상」(1939)을 연상시키는 이 시는 일단 동시적 소품처럼 느껴진다. 쉽다면 너무 쉬워 할 말이 없을 정도이다. 그러나 화자의 자의식은 샘물을 들여다보며 우주로 확대된다. 천지만물이 나와 하나이며 우주와 나도 하나라는 상상이 '동그란 지구의 섬 우에 앉' 은 화자를 통해 전개된다. 이런 점에서 간명하지만 의미 깊은 시이다.

여기서 한 걸음 나아가 시의 문면에 화자까지도 제거된 것이 「청시」이다.

六月의 꿈이 빛나는 작은 뜰을

이제 微風이 지나간 뒤

감나무 가지가 흔들리우고

살진 暗綠色 잎새 속으로

보이는 열매는 아직 푸르다

—「청시」 전문

첫 시집 《청시》의 맨 앞 부분에 수록된 이 시는 김달진의 시적 지향과 궁극적 목표가 무엇인지를 약여하게 드러내준다. 더 이상의 가감이 필요 없는 자연 풍경을 그린 이 시에서 우리는 자연과 동화되어 자연을 응시하는 화자를 인식하게 된다. 이 시에서 '작은 뜰'은 앞의 시에서의 '샘물'과 같은 자연표상이다.

인공의 손이 가해지지 않은 자연 풍경에서 우리는 생명력 넘치는 자연 그 자체를 볼 수 있다. 이 작은 뜰은 삼라만상이 공존하는 세계의 중심이다. 6월의 햇빛과 바람과 그리고 잎새가 있다면 더 이상 무엇이 필요할 것인가. 푸른 감만이 이 모두를 집약하는 매개물인데, 떫고 푸른 이 감은 자연을 직관하는 화자의 예기를 드러내는 동시에 6월의 뜰에서 벌어지는 자연의 생명력을 집약시켜 보여준다.

화자는 자연의 배후에서 어떤 인공의 힘도 가하지 않고 자연 그대로 '무위자연'의 세계를 드러내준다. 김달진의 불교의식이 노장적 무위사상과 만나는 부분이 바로 이 지점일 것이다. 겉으로 드러내지 않고 자연에 은폐되어 자연과 하나가 되는 자아를 표현하는 것은 노장의 자연사상인 동시에 선불교의 자연 직관과 상통한다.

그러나 이러한 우주의식이 확장될수록 시인 김달진은 깨달음에 대한 보다 깊은 선망을 가지지 않을 수 없었던 것처럼 여겨진다. 초시기 「고독한 동무」에서 묵은 책장에서 기어 나온 하얀 벌레들과 이야기하던 그는 30여 년의 세월을 거치면서 「벌레」라는 남다른 시를 쓰게 된다.

고인 물밑

해금 속에

고물거리는 빨간

실낱같은 벌레를 들여다보며

머리 위

등 뒤의

나를 바라보는 큰 눈을 생각하다가

나는 그만

그 실낱같은 빨간 벌레가 된다.

—「벌레」 전문

조그만 샘물을 응시하며 바다같이 넓어지는 세계를 통해 자신의 상상을 우주적으로 확장하던 화자는 「청시」의 작은 뜰에서 햇빛과 미풍을 바라보고, 다시 더 나아가 「벌레」에서는 책장 속에서 기어 나오는 하얀 벌레들과 인생에 대한 이야기를 나누며 물 속의 빨간 벌레가 되는 지점에 이르게 된 것이다. 화자가 벌레가 되기 위해서는 '큰 눈'이 절대적으로 요구된다. 이 큰 눈은 불타이기도 하고 깨달음이기도 할 것인데, 문제는 화자의 배후에 또 다른 어떤 눈길을 상정하고 있다는 점에서 매우 흥미로운 자기인식이라고 하겠다.

김윤식 교수는 이에 대해 「시와 종교의 길목」에서 다음과 같이 논한 바 있다.

"어떤 큰 눈"의 의식이란, 실상 '나'를 공포의 도가니로 몰고 간 것이 아니겠는가. 그 "어떤 큰 눈"이 하도 두렵고 강렬하여

'나'와 실지렁이를 동류로 만들기에 모자람이 없었던 것.

대체 이 경지란 무엇일까. '자기가 행위를 의식하는 의식'과 '이 의식을 의식하는 또 다른 의식'을 동시에 갖는 것을 헤겔은 '자기의식'이라 규정한 바 있습니다. 이를 분별심이라 부르겠지요. 이와 「벌레」의 세계는 비슷하면서도 그 실은 판연히 다릅니다. 화엄경의 세계니까 그럴 수밖에요. "어떤 큰 눈"의 시선 앞에서 실지렁이나 인간 김달진은 동류이자 동가이니까 그럴 수밖에요. 실지렁이와 인간이 함께 중생이기에 그들은 동일한 우주적 법칙(생명규칙)에 지배받을 수밖에요. 이 법칙을 이름하여 법(法)이라 불렀던 것.

《문학동네》 1997년 겨울호, 452쪽

김윤식은 「벌레」에서 화엄경의 세계를 내세웠고, 그리고 시와 종교의 갈림길에 이 작품이 자리 잡고 있음을 설파했는데, 이는 한국 현대시사에서 시와 종교의 갈림길을 파악하는 데 주목할 만한 논점이다.

물론 여기에 대해 나는 다음과 같은 변별점을 말해두고 싶다. '큰 눈'의 시선을 김윤식 교수가 '공포'로 보았음에 비하여 나는 그것이 '자비'라고 보는 것이 그것이다. 큰 눈의 자비로움이 바로 벌레와 나를 똑같은 중생으로 파악하게 하는 원동력이 된다. 이 큰 눈과 화합하는 지점까지 나아가는 것이 대승불교의 근본 취지이며, 화엄사상의 본 뜻이 아닐까.

그 결정적 해답이 되는 시가 김달진이 그의 생을 마무리하는 지점에서 발표한 「씬냉이꽃」이다.

사람들 모두
산으로 바다로
新綠철 놀이 간다 야단들인데
나는 혼자 뜰 앞을 거닐다가
그늘 밑의 조그만 씬냉이꽃 보았다.

이 宇宙
여기에
지금
씬냉이꽃 피고
나비 날은다.

— 「씬냉이꽃」 전문

제1연과 2연은 서로 다른 세계인 동시에 하나의 세계이다. 하나이면서 둘이고, 둘이면서 하나이다. 서로 다른 것처럼 보이지만 이 양자를 하나로 통합한다면, 지금 여기에 살고 있는 생명체 모두 조화로운 자연의 향연에 동참할 수 있다.

신록철 놀이는 밖에 있는 것이 아니다. 뜰 앞 그늘 밑에 피어 있는 씬냉이꽃에서도 봄철의 생명력은 한껏 발휘되고 있는 것이다. 이 생명력을 알려주는 것이 '나비'이다. 나비가 없다면 이 시는 자연스럽지 못한 것이 되었을 것이다. 씬냉이꽃을 찾아온 나비와 그 나비를 바라보는 화자 그리고 신록철 놀이 간 사람들 모두가 생명의 법칙과 자연의 순리를 그대로 실현시키고 있는 생명체들인 것이다.

화자를 응시하는 '큰 눈'은 밖에 있는 것이 아니라 시의 풍경 속으로 들어와 씬냉이꽃과 나비를 바라보고 있다. 「고독한 동무」에서의 하얀 벌레들이 빨간 실지렁이가 되었다가 나비가 되어 날아가고 있다면 지나친 비약일까.

어쩌면 저자 거리에서 낯선 사람들과 술 마시고 저물녘 석양빛을 받으며 걸어오던 월하 김달진은 화엄경의 무애행을 실천한 은자였으며, 평범한 시적 진술 속에 담긴 속뜻이 바로 그의 이러한 사상을 담은 것이었다고 할 것이다.

4. 법의 목소리와 기쁨의 파장

생의 마지막 순간까지 김달진은 붓을 놓지 않았다. 『한국한시』의 원고를 탈고하고 그 마지막 교정을 보던 중 1989년 6월 향년 82세로 그는 이승에서의 삶을 갈무리했다. 그후의 뒷마무리로 부산하게 보내던 나는 1995년 가을 모처럼의 시간을 얻어 가을과 겨울 동안 동경에 있는 와세다 대학에 가서 잠시 공부한 적이 있었다.

어느 날 저녁 와세다 대학 기숙사에 머물고 있던 나에게 전혀 낯선 목소리의 전화가 걸려왔다. 그 또한 나를 거의 알지 못하는 사람이었다. 용건을 물으니 김달진선생의 『법구경』 때문에 한번 만나고 싶다는 것이었다. 이국땅이라 조심스럽기는 했지만 『법구경』 때문에 꼭 만나고 싶다는 그의 부탁을 거절할 수 없어 다음 날로 약속 시간을 정하고 그를 만났다. 첫눈에 바라보니 그는 우락부락한 차림의 사람이었고, 나와 특별히 이야기를 나눌 것이 없는 듯싶었다.

어렵게 말을 뗀 그의 용건은 간단했다. 자기는 음악을 하는 사람이요, 주먹도 좀 쓰기는 하지만 『법구경』에 크게 감동을 받아 전편을 작곡해서 일반인들에게 널리 들려주고 싶다는 것이었다. 왜 그런 생각을 하게 되었느냐 물으니 그가 감옥생활을 하던 중 우연히 김달진 『법구경』을 읽고 새로운 삶을 살겠다고 결심을 하고 출옥 후 재소자들에게도 삶의 광명을 전하는 작은 일을 하기 위해 작곡을 마음먹었다는 것이다. 그는 일본으로 이민 온 한국인이었는데, 이사짐에 『법구경』을 넣을 때는 그 책이 무슨 책인지도 잘 몰랐다는 것이었다. 이국땅에서 필요할지도 모를 법률에 대한 상식을 담은 책이겠거니 했다는 것이다. 부처님의 목소리는 2,500여 년 전에 이 세상에 퍼져나가기 시작했다. 그리고 다시 김달진선생이 매개되어 또 다른 파장으로 널리 다른 사람들에게 퍼져나가는 것 같았다. 『법구경』을 처음 읽었을 때 자신이 느낀 감동과 기쁨을 말하는 그의 얼굴과 말소리에서 나는 참된 실천이란 무엇인가 다시 생각해보지 않을 수 없었다. 그때 내가 할 수 있던 일은 밤 열두 시가 지난 시간에 낯선 사람의 이야기를 들으면서 동경시내를 두 시간 넘게 걸어서 집으로 함께 걸어오는 일뿐이었다. 새벽녘에 들어와 쉽게 잠들지 못해 무언가 일기장에 써보려 해도 어떤 것도 써지지 않았다. 겨우 마음 속으로 떠올려본 것은 월하선생께서 생전에 그분 책상 옆에 놓인 병풍으로 수놓은 다음 시구였다.

'그리는 세계 있기에

그 세계 위하여

生의 나무의

뿌리로 살자'

—「그리는 세계 있기에」 제 1~2연

　뿌리내리지 못한 부박한 삶의 속도감에 휘말리는 것이라며 오늘날 많은 사람들의 삶이 물질주의에 사로잡혀 그의 삶을 생의 나무의 뿌리로 살았다는 점에서 월하 김달진은 참다운 삶이 무엇인가를 되새겨 보는 우리에게 하나의 사표가 될 것이다.

(《불교와 문화》1999년 11 · 12월)

문학적인 것과 인간적인 것

— 큰 바위 얼굴 황순원 선생님

소설가 황순원 선생이 지난 9월 14일 노환으로 타계했다. 부음을 알리는 전화를 받는 순간 약간은 멍한 듯한 충격을 받았다. 중학교 시절부터 그분의 소설 「소나기」를 읽었던 추억과, 1980년대에는 경희대학교에서 그분을 모시고 지냈던 7년여 시간들이 빠르게 스쳐 지나갔다. 최근 복잡한 문단 내외의 사정들이 그리고 문명사적 위기에 대한 경각심이 겹쳐졌다.

동시다발적인 이러한 인상들을 하나로 말하자면 그것은 문학적인 것과 인간적인 것들이 불러일으키는 섬광으로 집약될 것이다. 황순원 선생님은 그 문학적 성과 면에서 누구도 따르기 힘든 문학사적 위치를 점유한 것이 확실하지만, 그 인간적 풍모 또한 남다른 것이었다고 하겠다. 소설가 전상국은 선생의 풍모를 '우리 시대의 큰 바위 얼굴'이라 말한 바 있는데, 가까이 모신 8년여의 세월을 돌이켜볼 때, 선생의 인간적 정결성은 혼탁한 시대를 살고 있는 필자에게 늘 새로움을 불러일으키는 것이었다.

선생님은 말씀이 많은 분이 아니었다. 선생님은 따뜻한 분이었다. 그리고 엄격한 분이었다. 뿐만 아니라 자신의 원칙을 결연히 지킨 분이었다. 선생님은 거대한 느티나무이자 큰 바위 얼굴과 같은 분이었다. 선생님은 지식을 가르치려 하거나 헛된 논변으로 사람들을 현혹시킨 분이 아니었다. 원칙을 지킨다는 말만 앞세우고 원칙이 지켜지지 않는 오늘의 상황에서 선생님은 한 사람의 소설가로서만이 아니라 인간적으로도 국민적 사표가 될 만한 분이었다. 그럼에도 선생님은 작가는 소설을 통해서 말할 뿐이라는 자신의 소신을 끝까지 지킨 분이었다.

세속주의와 배금주의가 범람하는 사회에서 선생님은 고독한 예외자였다. 경희대학교 봉직 시절 선생님으로부터 내가 깨우친 것은 문학적인 것과 인간적인 것이 다르지 않다는 것이었다. 작가와 작품은 다른 것이라는 제법 객관적이고 과학적인 것 같은 작품 분석의 비평 논리에 물들어 있던 나에게 작가와 작품은 다른 것이 아니라는 가르침은 커다란 충격이었다.

서양의 책 속에서 또한 난삽한 용어로 버무려진 비평논리 속에서 찾을 수 없는 살아 있는 한 인간을 보았던 것이다. 선생님은 과장이 없는 분이었다. 단호한 결의와 분명한 처신으로 인해 늘 인간적 품격과 절제를 느낄 수 있었다는 점에서 나는 작가를 지망하던 그분의 젊은 시절을 떠올려보지 않을 수 없었다. 아마도 그분은 작품의 완성이 인간적 완성을 뜻하는 것과 같다는 신념을 가지고 있었던 것 같았다. 한 편의 소설은 말할 것도 없고, 하나의 문장, 하나의 단어에도 세심한 정성과 노력을 기울였다는 점에서 그분의 작품은 글쓰기의 모범이었다. 그분의 부음을 듣는 순간 내가 느꼈던 것은 거대한 20세기 문화가 황혼의 지평선 저편으로 사라지며 마지막 전별을 고하는 것 같은 감정이었다.

진지함이나 정결성이 사라진 자리에 짜깁기 문화와 세속적 물신주의가 광범위하게 확산되고 있기 때문이다. 그러나 이런 정도의 문제라면 20세기가 진행되는 동안 내내 거론되었던 위기 의식의 일종에 불과하다. 지금 좀더 심각하게 떠오른 것은 기술 정보의 놀라운 축적으로 인해 인간복제가 실제로 가능한 상황에 도달했다는 점이다.

신의 피조물로 고통 받던 인간들이 생명공학의 발전으로 인해 인간을 복제할 수 있는 기술을 확보한 것이다. 인간복제가 영생의 열쇠라고 믿는 다국적 종교집단이 복제인간을 탄생시킬 준비에 착수했다(〈동아일보〉, 2000. 11. 6.)는 보도는 이제 유전자를 조작하는 비정한 메스에 의해 인간의 미래가 지배된다는 것을 뜻한다.

지금까지 인류의 역사와 문화는 기본적으로 인간이란 유일절대의 생명체라는 전제하에 성립된 것이다. 종교와 철학과 예술이 모두 그러하다. 그러나 똑같은 인간을 무수히 복제하거나 유전자를 조작하여 슈퍼맨을 양산하게 된다면, 지금까지 지켜온 모든 사회적 · 문화적 전통과 관습은 그 통어력을 상실하게 될 것임에 틀림없다.

이런 상황에서 과연 문학이란 무엇일까 하는 질문을 던져보는 것은 어리석은 일이 될지 모른다. 단순히 문학의 위기가 아니라 이제 인간의 위기에 직면한 시대를 눈앞에 두고 있는 것이 오늘의 우리들이 아닐까. 미래를 예측하는 일부 학자들에 의하면, 2030년경에는 거리를 활보하는 많은 사람들 중에는 오늘날 우리가 말하는 인간보다 만들어진 인간(로봇이나 사이보그인간)이 더 많아질 것이라고 한다. 인간의 수명은 연장되지만 출산율은 극도로 저하될 것이며, 부족한 노동력은 만들어진 인간에 의해 대체될 것이라는 것이다. 가상인간과 함께 살고, 가상인간과 사랑하는 일이 빈번해질 것이며, 사람들이 더 이상 기성의 종교를 신봉하지 않는 시대가 올 것이다.

물론 이런 이야기들이 우리들로 하여금 미래를 우울한 것으로 전망하게 만드는 기우에 지나지 않는 것이며, 앞으로 21세기는 지금까지 그 어느 세기보다 인간의 삶의 질이 향상될 것이며, 놀랍도록 멋진 신세계가 펼쳐질 것이라는 낙관적 전망도 없는 것은 아니다. 그러나 분명한 것은 인간은 무엇이고, 생명이란 무엇이며, 문학이란 무엇인가에 대한 새로운 개념규정이 절실히 필요하다는 사실이다. 문학 텍스트들이 모두 컴퓨터 속으로 사라져가고 있는 오늘날 작가란 과연 어떤 존재일까. 이미지와 음악에 지배되는 영상기호가 파급력을 날로 증대시켜 나가고 있는 상황에서 소설가나 시인들 또한 점점 사라져가는 구시대적 존재가 아닐까 하는 의구심을 떨쳐버릴 수 없다.

활자매체가 아니라 전자매체가 지배하는 세상 그리고 유일절대의 인간이 아니라 복제된 다수의 인간과 사이보그인간이 활보하는 세상이 된다면 우리는 문학도 인간도 그 의미를 상실한 세계로 진입한 것이라고 판단해야 될 것이다. 밤하늘에 찬란하게 펼쳐지는 불꽃놀이와 더불어 어둠 속으로 사라져 가는 불꽃의 파편과 같은 존재가 되고 만다면 인간은 그들의 삶에서 어떤 의미도 찾을 수 없게 될 것이다.

"대패질을 하는 시간보다 대패날을 가는 시간이 길다"는 명언을 작가 황순원은 남겼다. 정말 우리가 살아나가야 할 세상은 대패도 대패질도 필요 없는 세상이 되고 말 것인가. 서정시에서 단편소설로 그리고 장편소설의 영역까지 자신을 심화·확대시켜 20세기 한국문학의 토대를 굳건하게 만든 황순원 선생이 작품을 쓰던 수많은 밤 대패질하는 시간보다 대패날을 가는 시간을 오래 가진 작가의 행간에 배어 있는 고독을 생각한다. 그리고 고독한 그를 지켜 준 어둔 밤의 별들이 위기에 처한 문인들의 길을 아직도 비추고 있다고 믿는다.

(2000년)

화강암과 나무들 그리고 학

― 鄭漢淑 선생님을 추모하며

일오(一悟) 정한숙선생(1922-1997)께서 영면하셨다. 추석 다음날인 9월 17일 오전 필자는 전날의 과음으로 늦게까지 일어나지 못하고 있었다. 마지막 꿈에서 무엇인가 잘 풀리지 않아 얼른 눈을 뜰 수 없었다. 10시 30분경 일어나 세수를 하고 가볍게 아침을 먹고 이를 닦고 난 다음에도 그 의문은 쉽게 풀리지 않았다.

꿈 속에서 내가 슬프게 울고 있었던 것이다. 보통이 아니라 아주 서럽게 고아가 된 느낌으로 슬프게 울고 있었지만, 그 이유를 종내 알 수 없었다. 왜 이렇게 슬펐던 것일까. 화장실 문을 막 나오려는데 전화가 왔다는 것이다. 어디서냐 하니까 선생님 댁이라고 했다. 전화를 받는 순간 큰 며느님이 사모님의 분부로 선생님의 부음을 알려주었다. 황급히 서초동 선생님 댁으로 가보니 시신은 안암동 병원으로 갔고 사모님만 침통한 표정으로 댁에 남아 계셨다.

아침을 아주 조금 하셨고, 사모님이 손주들과 집안일을 하시다가 점심 진지를 드시라고 방문을 열어보니, 벽에 기대어 앉은 채로 아무 움직임이 없으셨다는 것이다. 거의 평상시와 다름없이 깨끗한 모습으로 앉아 계셔서, 몇 차례 흔들어 보았지만 깨어나지 않아 의사인 아들에게 연락하여 응급 처치를 해보았으나 이미 돌이킬 수 없었다는 것이다.

바로 내 꿈 속의 마지막 부분에서 알 수 없는 장면이 전개되다 비몽사몽간에 큰 슬픔에 빠진 것과 거의 같은 시각이었다. 장례를 치르면서 내내 선생님께서 남기시려던 마지막 말씀이 무엇이었을까 생각해 보았다. 선생님은 불교에서 말하는 좌탈(坐脫)하듯 이승에서 저승으로 가셨다. 문예진흥원 앞뜰에서 문인장으로 치루어진 영결식장의 조문객들은 물론 장지까지 갔던 많은 사람들에게 선생님은 각각의 독특한 영상으로 자리 잡고 있는 것 같았다. 선생님에 대한 각자 자신들만의 사랑을 가지고 있었다는 것이 더 정확한 말일 것이다.

그것은 선생님이 불어 넣었던 사람들에 대한 사랑 때문이 아닐까. 선생님은 직정적이며 차가운 분이었다. 그러나 다른 한편 정열적이면서도 다정다감한 인간미를 가진 분이기도 했다.

선생님의 문하를 드나들기 시작한 1960년대 중반부터 30여 년! 선생님은 필자에게 엄격한 스승이었고, 자비로운 이해자였고, 주저하고 망설일 때마다 격려와 질책을 아끼지 않는 분이었다. 혈육지정(血肉之情)도 중하다지만, 사제지정(師弟之情) 또한 이에 못지않게 중한 것이라 하지 않을 수 없다.

10여 년 전 선생님의 작가적 단면을 스케치한 「화강암 돌들의 주름살」(『우리시대의 한국문학』 계몽사, 1986)에서 필자는 외람되게도 선생님의 40대 장년의 사진 한 장을 매개로 하여 돌출된 화강암의 각진 돌들처럼 오만한 패기를 지적하면서 선생님의 인간적 정열을 기술한 적이 있다. 이제와 다시 돌이켜보니 선생님에게서 한 마리 학의 이미지를 지금 떠올려보게 되는 것은 어쩐 일일까. 화강암의 돌들처럼 양각된 이미지가 아니라 무성한 나무에 깃들었다가 이승을 떠나 저승으로 날아간 고고한 학을 연상하게 된다. 선생님의 최후가 선사의 죽음과 같이 상징적이었던 것처럼 올곧고 개결한 성품은 누추하고 지저분한 세상사를 단호히 거부하고 깔끔한 죽음으로 생을 마감하게 하였던 것이 아닌가 싶다.

선생님의 좌우명은 어느 수필에 쓰신 대로 '돼지처럼 먹고, 소처럼 일하고, 학같이 늙는다' 는 것이었다. 바로 그대로 세상을 살다 가신 것이다.

선생님께서 우리에게 가르쳐주신 것이 무엇일까 돌이켜보면 크게 두 가지로 요약될 것이다. 우선 자신의 일에 최선을 다하고, 당당하게 살아가라는 것이 그 하나이다. 1966년 봄 대학 신입생이 되어, 처음 수업시간이 되었을 때, 선생님께서 '나는 소설 나부랑이나 쓰는 사람이다' 라고 말씀하셨다. 이 말은 부푼 기대에 차 있던 우리에게 커다란 실망감을 주었다. 문학의 길에 엄청난 무엇이 있을 것으로 기대했기에 더욱 그러했을 것이다. 그러나 오랜 시간이 지나면서 약간 자기 폄하적인 이 말을 음미해볼 때, 거기에는 작가로서의 패기와 당당함이 감추어져 있었던 것이라 판단된다. 전날의 과음으로 일찍 출근하지 못하는 제자들에게 '다음날 제 시간에 출근하지 못하는 사람은 술을 먹지 말라' 고 하셨는데, 정년 퇴직시까지 선생님은 전날 아무리 술을 드시더라도 아침 일찍 연구실로 출근하여 오전 내내 원고 집필에 전념하셨다. 선생님을 생각할 때 이 모습이 첫 번째 떠오르는 것은 아직도 퍽이나 인상적이다.

술좌석에서 늘 선생님은 좌중을 압도하는 기발한 위트와 풍부한 유머로 화제를 주도하였으나, 조금이라도 마음에 안 드는 경우에는 가차 없이 신랄한 공격을 가하여 곤경에 처한 상대가 어쩔 줄 모르게 만드는 일도 많았다. 당하는 입장에 선 사람들에게는 되하기 어려운 당혹감을 주었겠지만 좌중에 참여한 사람들에게는 조마조마하면서도 묘한 즐거움을 느끼는 일들이었다고 기억된다. 어느 누구를 만나도 조금도 밀리지 않고 상대를 제압하는 선생님의 화술에서 우리들은 선생님의 작가적 통찰과 인간적 당당함을 느낄 수 있었다.

남의 눈치를 보지 마라. 네가 정말 옳다고 생각하는 일은 당당하게 밀고 나가라는 것이 언제나 선생님의 가르침이었다. 1989년 6월 필자의 장인 김달진옹이 작고하시고, 그 일주기 즈음에 '김달진 문학상을 한번 해보고 싶은데 어떨까요' 하고 여쭈었더니, '일이 년 하고 그만 두려면 하지 말라'고 하셨다. 필자는 이 말을 시작하면 쉽게 그만 두지 말고 열심히 잘해보라는 뜻으로 받아들였다. 1990년부터 시행된 이 상은 벌써 8회 수상자를 냈고, 선생님께서 해마다 그 시상식 때 참석하시고, 격려도 해주셨다. 아마도 내가 제대로 잘하고 있나 마지막까지

보시기 위함이 아니었을까 한다.

　다음으로 떠올릴 수 있는 것은 선생님이 가진 인간에 대한 남다른 애정이다.《주막(酒幕)》동인이었던 백사 전광용(全光鏞), 일모 정한모(鄭漢模), 그리고 이번 장례에서 호상을 맡아 노고를 아끼지 않으셨던 전영경(全榮慶)선생 등에 대한 우정을 평생 동안 두텁게 나누었고, 그분들의 돈독한 우정을 바라보는 것은 제자들에게도 늘 선망의 대상이었다. 제자들은 그것을 6·25동란을 겪은 50년대 세대들의 독특한 인간미라고 하였는데, 이는 그 이후 다른 세대에게서 찾아볼 수 없는 우정으로 느껴졌다. 선생님은 또한 제자들에 대한 사랑이 매우 깊은 분이었다. 친자식 이상으로 제자들을 사랑하고, 때로는 헌신적으로 도와주기도 했다. 선생님보다 먼저 타계하였지만, 박재삼 시인의 재능을 아껴, 모두가 어려웠던 시절인 1950년대 후반 학업을 계속하라고 등록금을 대주었던 일을 필자는 박재삼 시인에게서 직접 듣기도 했다. 물론 박재삼 시인은 이 돈으로 등록을 하지 않고 술을 마시고 써버린 것이 마음속으로 늘 죄송하게 생각된다고 했다.

　아마도 선생님은 잘 기억하지 못할 사소한 일이지만, 지명 수배되어 선생님의 연구실로 피신한 운동원 학생들을 숨겨주었다가 학교 버스로 퇴근할 때 싣고 나간 적도 많았다는 것이다. 때가 계엄령 시절이었으니 쉽게 행하기 어려운 일이었을 것이다. 또한 게으르고 나태한 제자들에게는 서슴없는 질책을 가하셨는데, 모두들 선생님에게 서릿발처럼 야단맞는 정도에 비례해서 인간적으로 성장한다고 그 무안함과 쑥스러움을 달래기도 했다.

복더위가 한창인 지난 7월 19일 양수리에 살고 있는 작가 김용만씨 집에서 제자들과 함께 선생님께 약주를 대접한 적이 있다. 필자로서는 이것이 마지막 뵌 것인데, 그날따라 유난히 손이 가늘고 차갑게 느껴졌다. "선생님, 8월쯤에 춘천으로 낚시나 한번 가시지요. 오춘택이가 기다릴 텐데요." 하고 여쭈니까 선생님께서는 잠깐 머뭇거리다가 약간 힘없이 말씀하셨다. "그 친구가 부담스러울 텐데.", "아니요, 선생님께서 오신다면 정말 기다릴 겁니다.", "글쎄 그래 볼까?" 선생님의 말꼬리가 흐렸다. 필자는 팔월 중 외국을 다녀오고 이사를 하느라 다시 직접 선생님을 뵙지는 못했다. 혹시 9월 17일 임종하시던 순간, 마지막 무언가 말하지 못한 말씀이 있었던 것은 아닐까. 지금까지 선생님의 문하를 드나들며 30여 년의 세월을 지나는 동안 흔들리고 방황할 때마다 선생님은 필자를 지켜주는 커다란 당산나무와 같았다. 해결할 수 없는 일에 부딪칠 때마다 선생님을 찾아 뵈었고, 뚜렷한 해답이 나오지 않더라도 말씀 중에 스스로 깨치기도 했다.

불가 선승들의 좌탈처럼 또는 고고한 학처럼 마무리하신 마지막 깨달음은 무엇일까. 학이 날아가 버린 나무의 스산함은 어떠할까. 가을바람에 마음을 추스르기 힘들다. 그러나 선생님은 평상시대로 말씀하실 것이다. "임마 잠들었다 눈뜨면 살아 있는 것이고 눈뜨지 못하면 죽어버린 것이야" 생사의 길을 깨닫고 실천하는 것이 선생님의 그 어떤 가르침보다 귀한 것일지도 모른다. 1948년 단편 「흙가」로 문단에 등단하신 후 『끊어진 다리』(1962)를 비롯한 6편의 장편과 「금당벽화」(1935)「고가」(1956) 등 200여 편의 중·단편 그리고 『나무와 그늘 사이』(1988)등 세 권의 시집 등이 선생님이 남긴 문학적 성과이다. 그리고 학술서로 『소설기술론』(1973) 『한국현대소설론』 『한국현대문학사』 등을 남기셨다. 선생님은 '대한민국 예술원 회장', '문예진흥원장' 등을 역임하셨지만 이는 모두 정년 퇴직 이후의 분외의 일이었을 것이다. 어디까지나 작가로서 자신의 길을 걸었다.

문단에서는 선생님을 다양한 소재와 소설적 기법을 보여준 작가 정한숙으로 떠올리겠지만 필자로서는 작가일 뿐 아니라

인간 정한숙으로 마음 깊이 새기고 있다. 선생님 생시에 썼지
만 부끄럽고 쑥스러워 보여드리지 못했던 시의 일부를 인용하
며 삼가 선생님의 명복을 빈다.

　　말씀 중에도 가끔 술잔을 바르게 고쳐

　　놓으면서 놋쇠 재떨이를 끌어당겨

　　담뱃재를 툭툭 털었다.

　　자세를 가다듬은 연기는

　　하늘로 올라가고 잘못 털린 담뱃재는 야단맞은 학생처럼

　　그 분의 어깨 너머에 쌓였다 부스러졌다

　　(……)

　　평생을 바쳐 바다처럼 찰랑이는

　　작은 술잔을 고쳐 잡는 버릇도 이제는

　　떨리는 손은 쉽게 멈출 수 없는데

　　늙은 어둠의 속살을 사로잡아

　　딱딱한 樹皮처럼 갈라진 손등이

　　망망한 바다에서 건져 올린 작은 술잔을 들고 있었다.

　　　　　　　　　　　　　　　　　《삶과꿈》 1997년 11월)

시인의 운명과 역사의 소용돌이
—「부용산」의 시인 박기동의 시와 산문

1. 인간의 꿈과 시대사의 격랑

　20세기 한국사는 내우외환으로 인한 역사의 소용돌이가 그 어떤 세기보다 격렬했다고 하지 않을 수 없다. 반만년 역사의 유구한 전통은 외세의 압력에 산산조각이 났고, 끝내는 일제 식민지 시대를 40여 년 보내야 했으며 그후 해방이 되었다지만 다시 남북으로 갈려 민족상잔의 참혹한 전쟁을 치러야 했다. 21세기를 맞이한 지금도 민족 분단은 세계에서 유례가 없다고 할 정도로 쉽게 통일의 길로 나아가지 못하고 있는 것이 우리의 현실이다.

박기동의 산문집 『부용산을 아십니까』를 읽고 난 다음 가장 강렬하게 마음속에 맴도는 것은 역사 앞에 선 한 인간이 겪어야 하는 운명적 삶이었다. 친일과 배일 그리고 극좌와 극우의 소용돌이 속에서 그가 그 어느 한 극단으로 나아가지 않았음에도 불구하고, 그 누구보다 역사의 파란을 온몸으로 경험하지 않을 수 없었던 까닭에 그의 삶은 매우 예외적이고 특별한 것이 된다.

이름난 항일투사도 그렇다고 친일분자도 아니었으며, 당시를 풍미하던 코뮤니스트도 아니요, 그렇다고 해방 후 시류를 타고 정권에 영합한 것도 아니었는데, 그렇기 때문에 오히려 양측에 의해 압박당하는 것이 그의 삶이었다. 그는 오직 한 양심적 인간으로서 삶을 살아나가고자 하였으나 역사의 소용돌이는 그를 한 시인으로 또는 한 교사로서 안락한 삶을 허용하지 않았던 것이다.

2. 삶의 고백과 역사의 단층

박기동의 산문은 우선 그의 생애 전반에 대한 솔직한 고백으로 읽혀진다. 우리는 불필요한 수식이 제거되어 평이하고 간명한 문체로 서술된 그의 수필에서 오히려 그 단아한 문체와는 달리 80여 년을 넘긴 그의 삶이 얼마나 파란만장했던 것인가를 깨닫게 된다. 아마도 그는 본질적으로 자신을 드러내기를 싫어하는 내성적 인간일지도 모르지만, 행간에 배인 삶의 체취들은 그가 살았던 파란만장한 생의 역동성을 전해준다.

그러므로 그가 이 산문집을 내고자 했던 것은 남기지 않으면 안 될 간곡한 어떤 사연이 있었기 때문이라 짐작된다. 그것은 한 인간의 진실에 대한 열망의 표현이요, 그 열망을 통해 우리는 역사의 힘에 의해 왜곡되고 잊혀져버리는 삶의 진실을 밝힐 수 있기 때문에 그의 산문은 우리에게도 소중한 의미를 갖는다.

유년시절부터 오늘에 이르기까지 박기동이 지닌 꿈은 다음과 같이 소박한 것이었다.

어디 조그맣고 따스한 섬은 없을까. 봄이면 군데군데 유채꽃이 누렇게 수를 놓고 가을이 오면 올망졸망한 감이 빨갛게 익은 감나무에 까치가 와서 지저귀는 그런 섬은 없을까.

육지에서 조금 떨어진 어느 남쪽, 겨울에는 유자가 주저리주저

리 열리고 수줍은 처녀처럼 동백꽃이 다소곳이 피는 따스한 섬,
그런 섬에 가서 살고 싶다.

—「메뚜기와 꿈」에서

낡은 초가가 듬성듬성 서 있는 그 작은 섬마을 돌산에서 태어난 꿈 많은 소년 박기동은 아마도 평생 동안 이 꿈을 간직하고 살아왔을 것이다. 현실에서 시련을 겪을 때마다 이 작고 따스한 섬을 꿈처럼 가슴에 품고 있었기 때문에 그 시련을 이겨낼 수 있었던 것이 아닐까 한다.

그의 산문 도처에 은밀히 토로되는 체험들을 토대로 박기동의 삶을 요약해보면 다음과 같다. 우선 첫째가 1917년부터 1932년 정도까지의 유년시절이다. 돌산 섬마을과 벌교가 배경이 된 그의 유년은 보통학교 시절의 꿈 많던 한 소년을 떠올리게 한다. 이 시절 그의 고민은 친어머니를 떠나 작은 어머니가 있는 벌교로의 전학이었을 것이다. 그의 고민이 더욱 심각해진 것은 우수한 성적에도 불구하고 다른 친구들처럼 자연스레 고등보통학교로 진학하지 못한 결과 야기된 좌절감 때문이었을 것이다. 한의사였던 아버지는 '일본놈들'에게 자식이 교육받게 하고 싶지 않다고 명분을 내세웠지만 실상은 똑똑한 그를 옆에

두고 가업을 잇게 하고 싶었던 소망 때문이 아니었을까 짐작된다.

둘째는 1932년부터 1943년까지의 일본 유학 시절이다. 보통학교를 졸업하고 2년여의 방랑 끝에 아버지의 허락을 얻어 박기동은 일본으로 유학가 10년여의 생활을 하게 된다. 이 시절 그는 『효경』을 읽게 하고 주자의 『계자서』를 외우게 하던 엄격한 아버지의 속박으로부터 벗어나 자유로움을 한껏 호흡한 것으로 기록된다. '인생이란 무엇인가' 하는 것이 이 시절 그의 가장 큰 고민이었으며, 군국주의의 부활 속에서도 자유주의 사상이 팽배하던 일본의 문화는 젊은 그에게 많은 영향을 미쳤을 것이다. 나쓰메 소세끼의 작품을 읽고, 아버지의 권유를 뿌리치고 문과로 진학한 그가 대학시절 '운수거사(雲水居士)'라 불리웠다는 것은 이 당시 그의 생활이 세속의 속박을 벗어난 것이었음을 알려준다. 신파연극을 보고, 음악감상회를 다니고, 「모로코」, 「역마차」, 「역사는 밤에 이루어진다」, 「무도회의 수첩」, 「암흑가의 왕초」, 「노틀담의 꼽추」, 「오케스트라의 소녀」 등 유행하던 영화를 관람한 그는 애국지사도 코뮤니스트도 아닌 낭만적 자유주의자 바로 그것이었을 것이다.

그러나 이런 자유주의적 감상적 분위기 속에서도 그가 강렬하게 지니고 있던 의문은 '인생이란 무엇이냐' 하는 것이었다. 가까운 친구의 권유로 당시 기독교 사회주의자로 명망을 떨치던 가가와 도요히꼬〔賀川豊彦〕선생을 찾아갔다가 '자네는 하느님의 존재를 믿는가'라는 질문에 박기동은 말문이 막혀 돌아온다. 젊은 자유주의자였던 그는 하느님의 존재에 반신반의했을 것이다. 하느님이 존재한다면 그의 의문은 단박에 해결되었을 것이기 때문이다.

그러나 어느 한 극단에 기우는 것을 거부하는 개성을 가진 박기동에게 더 강렬한 메시지를 준 것은 기차를 타고 돌아오다 우연히 듣게 된 시골처녀들의 대화였다.

그녀들 사이에 이런 대화가 오가는 것이 들렸다.
"자살하는 것과 그냥 버티고 사는 것 중의 어느 것이 강하다고 생각해?"
"그야 버티고 살아가는 것이겠지."

—「발 밑의 진리」에서

가가와 선생의 한 마디에 인생의 의문을 풀기는커녕 오히려 참담한 자괴감을 느끼며 오사카로 돌아오던 그가 들은 이 대화는 평범하게 스쳐간 것임에도 불구하고 박기동에게는 충격적인 발언이었으리라 짐작된다.

셋째는 1943년부터 1953년까지 약 10년여의 교사시절이다. 페스탈로치에 심취한 적이 있던 박기동에게 교사시절은 그의 생에서 가장 밝고 보람찬 시기였다고 여겨진다. 청소년기를 일본에서 보내면서 일본적 사고와 행동에 익숙했던 그였던 까닭에 막상 대학을 졸업하고 귀국하자 고국에는 뚜렷하게 그가 할 일이 없었다. 독립투사도 친일파도 아니었던 탓이다. 벌교남중학교 강사로부터 시작된 그의 교사 생활은 한편으로는 그의 인생의 전성기라고 할 수 있는 20대 후반에서 30대 후반에 이르는 꽃다운 시기이기도 하였으나 다른 한편으로는 식민지 해방과 6·25동란이라는 거대한 역사적 전환이 소용돌이치기도 하였던 시기로서 그의 인생에 운명의 검은 그림자가 짙게 다가오는 시기이기도 하였다. 교사가 된 그는 다음과 같이 학생들과 하나가 되고자 하였다.

학교에 뛰어든 지 얼마 후에 발견한 일이지만 우리 학급 아이들은 그 추운 겨울에도 양말을 신지 않은 아이들이 대부분이었다. 그것을 본 나는 생각했다. 명색이 저 아이들을 가르친다는 교사인 내가 저 아이들 앞에서 나만 양말을 신고 다닐 수는 없지 않은가. 그 이튿날부터 추운 겨울임에도 나는 양말을 신지 않고 다녔다. 저 애들의 마지막 한 사람까지 양말을 신고 다닐 때까지 나도 양말을 벗고 다니리라는 각오와 함께……

― 「시골 훈장」에서

여기서 우리는 하나의 이상적인 교사상을 발견한다. 당시에 없는 규정을 원용하여 그를 '강사'로 채용한 일본인 엔도(遠藤) 교장을 만난 것 또한 박기동에게 커다란 행운이지만 엔도 교장의 권유에도 불구하고 정식 훈도시험에 응시하지 않은 것은 구속을 싫어하는 박기동의 자유주의 사상의 표현이었을 것이다.

엔도 교장의 도움으로 징용을 피한 그에게 해방직후의 거센 정치적 소용돌이가 기다리고 있었다. 건국준비위원회 벌교지부 서기를 맡게 된 후 1947년 순천사범 교사 시절에는 남조선 교육자협회 사건에 휘말리게 되고, 이로 인해 6개월 정직처분을 당하고 1948년 봄에는 잠시 마음을 가다듬고자 항도 목포에 내려가게 된다. 이 목포행이 그에게는 또 하나의 운명적 갈림길이 된다.

항도여중 조희관 교장이 그에게 거의 반강제적으로 부임할 것을 요구했고, 이를 거절하지 못하고 응낙하여 교사로 취임하게 되었던 것이다. 당시 항도여중 3학년에는 김정희라는 천재적인 소녀가 있었는데 그를 지도하기 위해 훌륭한 선생이 필요했던 조희관 교장이 그를 강력하게 초빙했던 것이다. 김정희 학생은 박기동이 부임한 지 8개월 만에 폐결핵으로 세상을 떠나고, 그의 죽음이 계기가 되어 「부용산」 노래가 당시 음악교사 안성현에 의해 작곡되어 그의 죽음을 애도하던 전교생에게 불리워진다. 다시 이 노래가 입소문으로 퍼져 빨치산들에게 불리워지게 된 것은 박기동에게는 거부할래야 거부할 수 없는 어떤 운명적인 사건으로 발전된다.

박기동의 회고에 의하면, 「부용산」 가사는 이보다 일년 전 역시 폐결핵으로 작고한 여동생 '영애'의 죽음을 애도하며 쓴 것이며 안성현 선생이 작곡한 것이라고 한다. 어떻든 「부용산」 시는 6·25 동란을 전후하여 그리고 1970년대 이후 민주화 시대를 거쳐오면서 꽃다운 청춘을 피워보지 못한 한국의 수많은 젊은이들에게 은밀하게 불리워지는 애창곡이 되었고, 이로 인해 박기동은 직 간접으로 체포 감금 방면 등을 되풀이하는 세월을 살게 된 것이다.

1949년 9월 그는 조희관 교장의 갑작스런 부름을 받는다. 그리고 송도병원에 가 급조폐병환자가 된다. 특별한 죄목이 없는 그에게 공산주의자라는 딱지가 붙어 목포를 떠날 수밖에 없게 된 것이다. 가을 햇살이 내려쪼이는 학교 동산에서 조교장이 박기동에게 던진 대화는 어쩌면 시인으로서 그의 일상을 집약하는 것인지도 모른다.

"기동, 이 작은 꽃을 봐요. 아무도 봐주는 사람 없어도 제 깐에는 온 힘을 다해 하늘을 보고 힘껏 피어 있어요. 우리들의 존재는 뭘까. 저 작은 꽃이나 우리들이 다를 바가 뭐 있겠어."

— 「큰 덩치」에서

목포를 떠나 1949년 9월 광주에 온 박기동은 광주동중에 부임한다. 그리고 1950년 노총각 신세를 면한 그에게 또 하나의 선택이 요구된다. 1950년 봄 벌교 유지들이 찾아와 제헌국회에 출마할 것을 권유한다. 이때 그의 처신은 분명했다. '정치는 정치인들이 하는 것이고, 나는 교사로 학생들을 가르치겠다'는 것이 그의 확고한 입장이었던 것이다. 32세의 혈기 왕성한 젊은 그로서는 쉽지 않은 선택이었을 것이라 짐작되지만, 그의

강직한 성품과 성장 과정을 눈여겨보았다면 당연한 결론이었
을 것이다.

9·28 수복 후 처자가 있던 전주에 간 박기동은 이병기, 신석
정 선생 등과 어울리면서 가람선생의 선비정신과 매화향기를
느끼며 야간 중학교 시간강사를 하다가 교사생활을 마감하게
된다.

넷째는 1954년부터 마지막 단계의 삶이다. 이때부터 박기동
은 처가살이를 하면서 상선회사 군산지점장, 염전 개발 현장감
독, 전매청 염전의 염부 등등의 생활을 전전하다 4·19 혁명과
더불어 서울로 상경하였으나 특별한 직장을 갖지 못하고 출판
사 교정원 또는 일본어 무명번역가 등으로 호구지책을 마련해
야 하는 어렵고도 힘든 세월을 보내게 된다. 30대 후반부터 박
기동은 고정된 직업 없이 그때 그때 일정치 않은 일을 하면서
기나긴 세월을 보내게 되는데, 이 기간 동안에도 그는 요주의
인물이 되어 걸핏하면 가택수색을 당하고, 감금과 고문을 당한
다. 이 시기에 공인으로서의 그의 삶은 없었다 해도 과언이 아
니다. 왜 그러했을까. 학력은 있었지만, 자격증이 없었고, 실력
은 있었지만 공인된 명성이 없었기 때문이다. 그 이유는 첫째,
구속을 싫어하는 자유로운 사상이 그를 지배하고 있었고 둘째

그가 어느 한쪽에 적극 가담하지 않았던 까닭에 양쪽에서 모두 배타시 되는 결과를 초래하였기 때문이다. 이를 종합해본다면 그가 외유내강형의 인간임을 알게 된다. 부드러움과 깔끔함이 공존하는 것이 그의 삶의 태도였던 것이다. 학생들에게는 인자한 교사이지만, 그가 받아들일 수 없는 것과는 추호도 타협하지 않는 강한 의지가 그의 삶을 지배한 독특한 개성이다.

만약 그 자신에게 어떤 흐트러짐이 조금이라도 있었다면 그는 벌써 역사의 저편으로 사라져 갔을 것이다. 견인불발의 정신이야말로 그를 그 자신이도록 지켜준 원동력이 아니었을까.

3. 애끓는 젊음의 노래 「부용산」

2001년 2월 시드니의 한 작은 음악학교에 시낭독회가 있었다. 시드니 거주 한국 시인들과 내가 소속한 시사랑회 회원들이 함께하는 작은 시낭독회였다. 한국은 추위가 맹위를 떨치고 있었지만 시드니는 아주 무더운 날씨였다. 우리들은 NSW 대학에서 있었던 한국학 세미나와 블루마운틴 관광 등으로 상당히 지쳐 있었다. 해질녘 땀이 밴 얼굴로 서둘러 저녁을 먹고 낭독회 장소에 도착해보니 30여 분의 교민들이 우리 일행을 반갑게 맞아주었다. 자리에 앉아 낭독회 책자를 보는 순간 약간 당혹감을 느끼지 않을 수 없었다. 박기동이란 이름과 「부용산」이 수록되어 있었기 때문이다. 이 분이 살아 계신다는 말인가. 「부용산」 노래를 한 번 들은 적이 있다. 1995년 김수영문학상 심사가 끝나고 유종호 김지하 선생 등과 점심을 먹다가 사람들의 권유로 김지하판 부용산을 들었다. 소문으로만 듣던 노래를 그때 처음 들었고, 아마도 작고했으리라 짐작하고 있었던 노시인을 만난 것은 이번이 처음이었다.

나는 시를 마음속으로 몇 번 되풀이하여 읽었고, 작고 단아한 박기동 선생의 낭독도 주의 깊게 들었다. 박기동 선생이 「부용산」 시를 읽고 났을 때 장내의 청중들은 모두가 무언가 알 수 없는 힘에 이끌리는 감동의 파장에 휩싸였다. 시적 감동이란 이런 것이로구나 다시 한 번 느끼게 되었다.

순서에 따라 「좋은 시란 무엇인가」에 대해 말할 때 나는 「부용산」 시를 인용하여 서정성의 중요성을 강조했다. 강연이 끝나고 박기동 선생에게 다시 인사를 드렸다. 정말 모르고 있었다고. 모임이 파할 무렵 다시 인사 드리니 박선생이 나즈막한 목소리로 말씀하셨다.

"최선생, 언제 내가 조그만 책을 낼지 모르는데 그때 어려운 일을 부탁해도 되겠지요."

조금 전에 느낀 시적 감동 때문인지 쉽게 응낙하지 않을 수 없었다.

"네, 해드려야지요."

이것이 박기동 선생과 나의 첫 만남이다. 그러나 아주 오래 전에 이미 그분을 만난 적이 있었던 것 같다는 느낌을 받았고 이번에 갑작스레 해설을 청탁받고 산문집 전체를 통독하고 나서도 역시 그러했다. 우선 「부용산」 시에 대해 나의 견해를 정리해 둘 필요가 있는 것 같다.

    부용산 오리 길에
    잔디만 푸르러 푸르러

    솔밭 사이사이로
    회오리바람 타고

    간다는 말 한 마디 없이
    너는 가고 말았구나

피어나지 못한 채

병든 장미는 시들어지고

부용산 봉우리에

하늘만 푸르러 푸르러

—「부용산」 제1부

일견 보아 평범 단순해 보인다. 그러나 노래로 불려지거나 낭독될 때 이 시는 묘한 여운을 불러일으킨다. 이 시를 어떻게 해석하느냐에 대해 이미 여러 가지 논란이 있었던 것 같다. 어떤 사람은 '죽음'을 찬양한 시라고 하고, 다른 사람은 인생의 '허무'를 노래한 시라고 한다. 나는 이 시를 '꽃 피우지 못한 젊음에 대한 애가'라고 말하고 싶다. '피어나지 못한 채 병든 장미가 시들'었다는 표현에서 그 핵심을 간파할 수 있다. 삶의 무상이나 죽음은 모든 서정시에 두루 통용되는 것이지만 이 시는 특히 젊은 나이에 병들어 죽은 여동생 그리고 요절한 천재소녀 등이 함축하고 있는 애끓는 젊음에 대한 노래이기 때문이다. 인생의 허무란 운수거사식의 해석일 터이고, 죽음의 찬양이란 이 시를 부정하고자 하는 사람들의 논리일 것이다.

이 시를 읽으면서 그것이 애절한 슬픔의 노래이면서도 공자가 말한 바대로 그 슬픔에서 애이불상(哀而不傷)의 감정이 느껴지기 때문에 이 시가 센치멘탈리즘에 빠지지 않았다고 보는 것이 나의 생각이다. 이 시가 애절한 슬픔이 있으되 절제와 여운을 통해 심금을 울린다는 서정시의 고전적 원칙에 적절한 표준이 된다는 것이다.

그동안 우리 시에서는 지나치게 서구적인 모더니즘이나 프롤레타리아식 진보주의가 유행하여 왔는데, 이제 앞으로는 서정시 본래의 원칙에 준하는 시들이 음악성을 획득할 때 우리 시의 새로운 지평이 열릴 것이며 「부용산」 시가 그 하나의 예가 될 것이다. 어쩌면 역사의 파동에 묻혀가 버릴 것 같았던 「부용산」 시는 50여 년 만에 공적인 모습으로 되살아난다. 1998년 2월 14일 「부용산 오리길」이라는 김성우 칼럼이 계기가 되어 「부용산」 시는 여러 사람의 권유로 작자 자신에 의해 제2부가 쓰여지게 된다.

그리움 강이 되어
내 가슴 맴돌아 흐르고

재를 넘는 석양도

저만치 홀로 섰네

백합일세 그 향기롭던
너의 꿈은 갔네 님

돌아서지 못한 채
나 외로이 서 있으니

부용산 저 멀리엔
하늘만 푸르러 푸르러

—「부용산」 제2부

이 짧은 시가 박기동 자신에 의해 완성되기 위해 50여 년의 세월이 필요했다는 사실은 쉽게 믿기지 않는 일이며, 우리 문학사에서 한 편의 짧은 시를 완성하기 위해 이렇게 긴 시간이 필요했다는 것도 유례가 없는 일일 것이다. 「부용산」 시는 소문에 의한 단순한 인기시가 아니라고 나는 생각한다. 피끓는 젊음에 대한 애절한 시적 감정의 진정성이 녹아들어 있지 않다면 이 시는 그만한 생명력을 가질 수 없었을 것이다.

역사의 이면에서 시대의 전면으로 불쑥 솟아오른 것 같은 「부용산」 시를 읽으면서, 나는 지난 50여 년의 파란만장한 우리의 근대사가 이 한 편의 시에 녹아들어 작은 풀꽃같이 피어났다고 생각한다.

4. 총칼로 꺾을 수 없는 낭만과 자유

박기동 삶의 80여 년이 집약된 산문을 통독하고 나서 과연 평생 동안 그의 마음 가운데 무엇이 있었을까 생각해보지 않을 수 없었다. 그것을 낭만적 자유주의라고 요약하면 어떨까 하는 것이 나의 생각이다. 여기서 낭만이란 구속과 억압을 거부하고 이상을 동경한다는 뜻에서 그러하다.

시국은 점점 얼어붙어 갔지만 예술에 뜻을 둔 사람들은 그 무렵 목포에 하나밖에 없었던 미네르바 다방(내 기억이 틀릴는지 모른다)에 자주 모여들었다. 커피 한 잔을 앞에 두고 얘기꽃을 피우기도 하고 안주도 없는 맥주 파티를 열기도 했다. 조희관 교장 선생님과 박화성 여사 중심이 되어 음악가, 미술가, 소설가, 시나 리오 작가, 평론가, 시인들, 여하튼 목포에 살고 있는 예술인들은 모조리 모여들었다. 말하자면 낭만주의자들의 총 집합이었던 셈이다. 일찍이 낭만을 막을 수 있는 총칼은 인류의 역사에 없었다. 낭만은 언제나 인류의 앞길을 열어주는 꿈이 아니었던가.

—「큰 덩치」에서

여순반란사건 직후 계엄령이 내린 긴박한 상황에서 목포에서 벌어진 이러한 자유롭고도 예술적 분위기는 매우 역설적이고 대조적인 것이기는 하지만 당시 예술가들의 억누를 수 없는 열망을 나타내주는 것이며, 이런 예술적 분위기를 가장 깊이 호흡한 것이 박기동의 정신적 성향이라는 것이다. 이러한 자유주의는 1930년대 일본에서의 그의 유학체험을 반영하는 것이기도 하지만, 유년시절 아버지의 속박으로부터 벗어나고자 했던 고향 탈출 체험과도 일맥상통하는 것이라 하겠다.

낭만과 꿈이야말로 박기동의 삶을 풍요롭게 한 동력이지만, 그 꿈으로 인해 그는 언제나 현실의 소용돌이에서 자유로울 수 없었다. 친일도 배일도 하지 않고 좌익도 우익도 아니면서 그 나름의 낭만적 시적 기질을 가지고 역사의 파고를 이겨낸다는 것은 결코 쉬운 일이 아니었을 것이다. 그러나 만약 그가 낭만과 꿈을 상실하고 현실의 한 극단에 섰다면 그는 과연 어떻게 되었을까. 아마도 그는 꿈도 시도 상실하였을 것이며 목숨도 부지하기 힘들었을 것이다.

1950년대 중반 이후 그의 삶이 철저히 시대의 이면에 가리워 져 있었어도 그가 한 인간으로서 그리고 시인으로서 자신을 지 킬 수 있었던 원동력은 남쪽 나라의 꽃피는 섬을 그리워하는 낭만과 꿈이 그의 마음 속에 굳건하게 자리 잡고 있었기 때문 일 것이다.

이 글의 서두에서 인용한 '따스하고 조그만 섬'에 대한 동경 이나 박기동이 목포를 떠날 때 조희관 교장이 인생에 비유한 '조그만 풀꽃' 등이 박기동의 삶과 문학을 집약시켜주는 것이 다. 위에서 말한 낭만과 꿈은 '인생이란 무엇인가'라는 박기동 이 어린 시절부터 가지고 있었던 의문에 대한 해답을 찾아가는 열쇠가 될 것이다.

고등보통학교 진학이 좌절되어 북만주를 방랑하던 시절이나 동경유학 시절이나 교사 시절이나 모두 그의 인생에서 풀지 않 으면 안될 좌우명처럼 던져져 있던 것이 이 의문이었을 것이 다. 종교가, 철학자, 예술가의 길에서 어떤 것을 선택하느냐의 문제에 있어서 동요와 갈등은 있었지만 그는 예술가로서 시인의 길을 택했고 그로 인해 삶과 죽음의 갈림길에서 이겨내기 힘든 고통을 겪지 않을 수 없었던 것이 그의 삶이다.

인자로운 어머니의 자장가도

날 이렇게

포근히 잠재우진 못했으리라

산너머 바람결 타고 오는

종소리도 날 이렇게

조용히 달래주진 못했으리라

어젯밤 우레와 함께

휘몰아친 바람엔

그처럼 온몸 흔들더니

오늘은 밝은 햇살에

온통 가슴을 열어

기쁨에 날뛰는

너그러운 바다여

너는 언제나

무상에서 영원을 노래하고

힘찬 약동과

굽힘이 없는 힘으로

날 굳세게 이끌어 주노라

버티고선 바위

부딪혀 깨뜨려져

알알이 구슬 되어

너는 오늘도

거만한 권세 흘겨보고

온전한 자유를 몸소 사랑했노라

—「바다」 전문

후기에 씌여진 이 바다 시편은 박기동의 역동적인 삶을 그대로 요약해 준다. 때로는 어머니의 자장가보다 포근하게 때로는 바람결에 들리는 종소리보다 조용하게 그를 달래주는 것이 바다이다. 그 바다는 천둥 번개가 휘몰아치고 밤에는 격정의 해

일을 불러일으키지만 밝은 햇살에 온통 가슴을 열어 너그러움을 보여주기도 한다. 바위가 깨어져 구슬이 되더라도 거만한 권세를 부정하며 온전한 자유를 실천하는 바다야말로 박기동의 삶을 여실히 드러내주는 상징이다. 거센 폭풍우 속에서도 그 폭풍우를 이겨내는 외유내강의 정신이 바로 역사의 소용돌이에 휘말린 박기동의 삶을 굳건하게 지켜주었다는 것이다.

그러나 알 수 없는 것이 인생유전 아닐까. 수많은 죽음의 고비를 정신으로 이겨낸 그에게 「부용산」의 부활처럼 시인으로서의 그의 삶이 생생하게 조명되는 날이 온 것이다. 그 동안의 압수수색으로 시집 몇 권 분량의 시가 소실되고 현재 그에게 남겨진 것은 「부용산」과 위에 인용한 「바다」 단 두 편의 시밖에 없다고 한다. 그 중 「부용산」 시 한 편으로 그가 한국 예술사에서 지워질 수 없는 독특한 이름을 갖게 되었다는 것은 기적에 가까운 일이다.

그의 삶은 '피어나지 못한 채 병든 장미' 처럼 역사의 폭풍우에 내던져지는 고난을 겪었지만, 이 한 편의 시가 사람들의 가슴 속에 살아 있는 한, 그 또한 불멸의 생명을 지닐 것이다. 삶과 죽음이 엇갈리는 운명의 순간을 조우하고 이를 '자살하는 것보다 살아서 버티는 것이 강하다' 는 자세로 결코 운명에 굴복하지 않았던 것이 박기동의 삶이다. 그것이 비록 작은 풀꽃과 같은 것이었다 할지라도 폭풍우를 이겨내는 바다와 같이 그의 꺾이지 않았던 왕양한 의지를 통해 낭만적 문화와 꿈의 예술을 사랑하는 사람들에게 오래도록 지워지지 않는 큰 감동이 되리라 믿는다.

(2002년 3월)

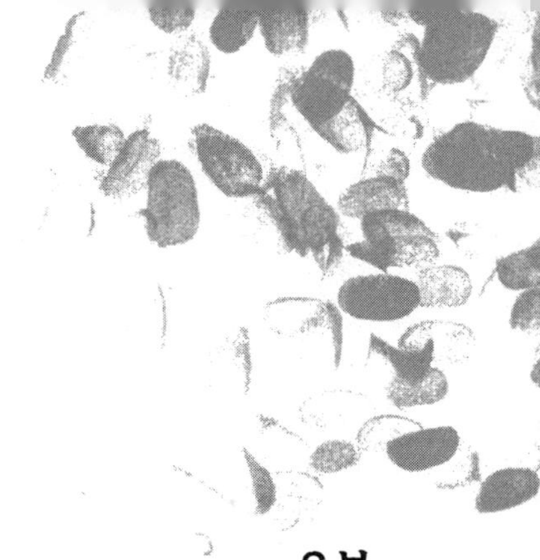

3부

김춘수 시인과 무의미의 시학

최동호 선생님, 안녕하십니까. 전집을 읽고 여러 가지 생각을 해봤지만 크게 네 가지 정도를 얘기해볼까 합니다. 먼저 최근에 어떻게 소일하고 계신지, 구상하고 계신 작품이 뭐 있으신지. 요즘 건강은 어떠시고, 시에 대해 어떤 생각을 하고 계신지요.

김춘수 뭐 나이가 있으니까 내일 모레면 80이니까, 이젠 기억력이 떨어지고 돌아서면 잊어버리고, 기억이 얼른 안 나.

최동호 선생님은 굉장한 독서가이시고 글도 많이 쓰시는데, 일반적으로 한국의 시인들이 책을 많이 읽지 않는다고 느끼지 않으십니까?

김춘수 아니야, 나도 많이 안 읽는 편이야.

최동호 그런데 제가 선생님 글을 죽 읽어보면 굉장한 독서량이 축적되신 것 같고, 근래에는 얼마 전에 내신 시집 『들림, 도스토예프스키』를 보면 도스토예프스키에 대해 많은 관심을 가지고 계신 것 같습니다.

김춘수 독서를 많이 하는 편은 아니지만, 남 보기에 현학적이 아닌가 하고, 글도 이런 말 저런 말 읽지만, 근자에 와서는 많이 할 수가 없어요. 왜냐하면 잘 들어가지도 않고 읽다가 막히는 부분이나 안 풀리는 것이 있으면 못 읽어요. 특히 나이가 드니까 조금 읽다가 막히고, 그러면 또 다른 거 읽고….

최동호 그럼 산보도 하시고

김춘수 산보는 거의 매일 합니다. 요 근처에 야산이 있는데, 매우 추운 날은 못하지만. 그리고 멍하니 있는 시간이 많습니다. 아무것도 안하고 그냥 멍하니 있는 것이 즐겁고.

최동호 상당히 경지에 이른 사람들 중 그런 분들이 많습니다.

김춘수 잡기 할 줄 아는 게 아무것도 없고, 할 줄도 모르고. 바둑 같은 것도 못하고 술도 못하니까 술친구도 없고, 그러니까 멍하니 있는 시간이 많지요. 저녁에는 텔레비전 보고, 되도록 생각도 안하고 글도 안 쓰려고 합니다. 피곤하고 잠도 안 오고 그러니까.

최동호 아침엔 일찍 일어나십니까?

김춘수 아침에 일찍 일어나지도 못해요. 왜냐하면 중간에 자꾸 깨요. 나이가 드니까 그렇대요. 이제 70이 넘으니까 중간에 자꾸 깨요. 밤새도록 꿈이라 무슨 꿈인지 기억도 안 나고, 밤새도록 꿈이야 그러니까.

최동호 잠에 깨서 못 주무시지는 것은 아니고, 간헐적으로 잠과 꿈과 깨어남과 이것이 반복되는 거군요.

김춘수 그렇지.

최동호 선생님 만나 뵈려고, 제가 가지고 있는 책을 찾아보니까 10권이 넘더라구요. 선생님 관련된 책들을 다시 보니까 제가 선생님 시도 열심히 읽었던 것 같습니다. 약간 시사적이긴 하지만 '꽃'에 대한 얘기가 선생님 시에 대해 얘기할 때는 늘 따라다니지 않습니까. 이것이 뭐 부담스럽기도 하실 테고 여러 가지 느낌이 있으실 텐데. 「꽃」 이전과 「꽃」 이후로 선생님 시가 크게 대별된다고도 볼 수 있을 텐데. 꽃과 관련하여 말씀해 주실 것은 없으실까요.

김춘수 꽃을 소재로 해서 50년대 초에 쓴 시가 열 몇 편은 될 겁니다. 50년대 전반 그때는 화젯거리가 됐어, 인구에 회자되고. 50년대 전반에 쓰여진 꽃을 소재로 해서 연작시를 쓰기 전과 후로 나눈다면 그 이전은 습작기의 시라고나 할까. 삼십 전, 만도를 했다고나 할까, 늦게 도착했지. 처음엔 남의 것을 흉내 내던 때였고, 미당, 청록파 이 양반들의 시를 흉내 내는 아류 시였지. 청마 선생이 그 때 옆에 계셨는데 왜 청마 선생의 영향을 못 받고 엉뚱하게 다른 양반들의 시를 흉내 냈는지. 청마 선생하고는 잘 안 맞는 것 같애.

염치도 없이 48년에 『구름과 장미』라는 시집을 냈어.

그 티를 벗어난 게 꽃을 소재로 한 시였지. 그게 감정시라고 할 수 있는데, 실존주의 문학 그러니까 사르트르나 카뮈의 그것에 경도되어, 릴케하고 친근감을 갖게 됐지. 그런 느낌을 받았지. 학생 시절 릴케에 아주 심취되어 많이 읽었지. 시도 읽고 전기까지 일본말로 번역된 것을 많이 읽었지.

최동호 선생님 대학 때 예술과로 진학하게 된 게 릴케의 영향이 있으셨습니까. 원래 법과나 상과를 가시려고 하셨지요.

김춘수 법과를 가려고 했었지. 선친도 원하셨고, 뭐 그다지 하고 싶은 것도 없었고. 그게 잘 안됐어. 내 조부님은 항마가 들어서, 지 하고 싶은 것 못했다고, 꼭 하고 싶었던 것은 아니었지만, 원래 희망은 그쪽이었는데, 희망대로 못하고 예술대학으로 진학하고, 뜻밖에 학교도 쫓겨나고 문학을 하리라고는 생각도 못했어.

최동호 그러면 일본에 가서 공부하실 때 습작을 하신 게 아니라, 습작은 해방 후에 하셨군요.

김춘수 습작을 하기는 했지. 창작과에 들어갔으니까 들어왔으니까 하는 체해야 하니까 그랬지. 그러니까 내가 시인이나 소설가가 되려고 한 것도 아니고, 해방 직후까지 청마 선생하고 같이 있으면서 분위기가 그렇게 되면서 습작을 좀 했지.

최동호 일정 말기에 감옥에서 나오신 다음에 그 몇 년 동안을 전쟁을 피해 숨어 계시지 않으셨습니까. 그 기간 동안에는 독서를 하거나 습작을 하거나 하는 그런 것은 어떠셨습니까

김춘수 독서는 좀 했을 겁니다마는 습작 분위기도 아니고. 쫓겨다녔다고 하면 대단한 뭔가 한 것처럼 그러는데, 사실 그런 것도 아니고 어쨌거나 감옥 생활을 하고 그러면 '불령선인' 딱지가 찍혀 본의 아니게, 여기저기 돌아다니는 생활을 하는 판인데 습작이고 뭐고. 원래 내가 문학 하고 싶은 생각도 없었고, 첫째로 세익스피어도 읽고 무정부주의도 읽고, 여러 독서 편력들이 있었고.

최동호 아까 말로 다시 되돌아가요. 릴케, 조금 전 말씀하시지 않았습니까. 릴케가 소녀적인 감상 취미로 우리나라에 많이 퍼졌는데, 그것을 좀더 철학적으로 심오하게 나름대로 받아들여 수용하신 분은 선생님이 아닌가 저는 생각합니다.

김춘수 실존주의 철학과 실존주의 문학과 결부되어 가지고 릴케가 새삼 연상돼서 릴케를 다시 읽게 되었지. 그것이 릴케 후기시지. 지금도 나는 몰라요. 수박 겉 핥기 식이지. 릴케 후기시가 실존주의하고 관계가 있는 것 같아서 그래서 실존주의 경향하고 릴케하고 결부시켜 가지고 나는 나름대로 시도를 해본 것이 「꽃」이라는 시지. 보통 관념시, 사상시, 철학시라고 하는. 이것을 심오한 사상을 담아 보는 이들도 있고, 연애시로 받아들이는 이들도 있고, 독자들 중 상대가 누구냐는 사람도 있고, 연애시로 보고, 그런 면에서 상당한 관심을 가진 것 같아. 그리고 물론 문학 청년들에게 심각한 사상시로 받아들이는 경향은 나로써는 보람 있는 일이죠. 어쨌든 독자들이 받아들여 주었으니까.

최동호 그런데 '꽃'이라는 이것이 추상개념이 아닙니까. 김소월 같으면 '진달래꽃' 이렇게 아주 구체적인 고유명사가 나오는데 선생님은 '꽃'이라고 한 이것이 좀 특이하고, 그리고 꽃이 「구름과 장미」에 보면 그 얘기를 하시면서 구름은 전통적인 소재이지만은, 장미는 새로운 게 아니냐. 선생님 시를 보면 모더니즘적인 것, 서구적인 것 또는 이국적인 것에 대한 동경 그리고 전통적인 것 이 두 가지가 계속 공존하면서 나옵니다.

김춘수 출발 당시부터 그 무렵까지는 교양으로 받아들이던 것이, 그때까지만 해도 한국시도 잘 몰랐을 때니까. 일본시대에 속한 세대니까 사실 우리 시는 잘 몰랐고 나중에 우리 시를 새삼스럽게 새로 읽고 했지만, 중학 다니고 대학 다니고 할 때까지만 해도 잘 몰랐지. 내가 노력을 하고 생각을 하고 했으면 우리 시를 공부했겠지만, 생각지도 못했고, 문학에 대한 생각이 없었고.

최동호 꽃이라는 추상명사도 나오고 마지막에 '잊혀지지 않는 하나의 눈짓이 되고 싶다' 이것이 원래는 '의미가 되고 싶다'였는데 여기에 무슨 특별한 이유가 있으십니까?

김춘수 그렇지요. 의미가 있죠. 의미라고 하는 말은 추상적인 관념 용어 아닙니까. 훨씬 더 부드러워지고 싶다, 부드러워지지 않을까 그러면서 훨씬 더 뉘앙스가 은유의 세계다. 이래서 생각 끝에 '눈짓'이라고 하는 우회적인 말, 구체적인 말로 고쳤습니다.

최동호 저는 뭐 '의미' 해도 괜찮을 것 같다는 생각이 드는데, 거기서 의미와 무의미의 경계점이 나오지 않습니까. 이 시를 보더라도 3연까지는 선생님 말씀대로 서술적인 얘기가 나오는데 마지막에 의미론적인 것에 소속이 되니까 문제가 되지 않습니까. 하지만 이것에 대해 선생님도 상당히 부담스럽지 않았을까 하는 생각도 들고, 또 무의미 시가 이런 것을 없애버리겠다는 시도가 아닌가 하는 생각도 합니다.

김춘수 무의미 시에 대한 생각도 못했고, 하나는 언어에 대한, 언어가 없으면 존재가 있을 수 없고, 존재를 부각시킨다는 꽃이라는 테마가 뚜렷한, (……) 그리고 인간 존재라는 것은 고독한 것이다. 자기의 존재는 자기가 개척해야 하는 것이다, 인간이라고 하는 존재 양식을 특정 짓는 것은 고독인데, 어떻게 해서 내가 나왔는지도 알 수 없이 이 세상에 나와 가지고 가기 싫은데 저 세상에 가야 한다, 죽어야 한다, 그것을 의식하고 있는 존재다, 그것을 모두 숙명적으로 지고 있으니까, 그것을 의식할 수 있어야 돼, 그것을 서로가 똑같이 의식하고 있는 연대 의식이 생겨, 똑같은 운명에 처해 있는, 거기에서 오는 연대 의식, 그것을 말하려고 하는 거지요. 언어 문제하고 인간 존재하고 두 가지를 말하려고 하는 거지요. 그런데 그게 제대로 됐는지, 내 생각은 그걸 말하려고 한 건데.

최동호 그때는 그렇게 생각하셨지만 그러나 그 이후에 무의미로 넘어갈 때 오히려 언어에 절망하게 되지 않습니까.

김춘수 시는 이런 게 아닌 게 아닐까 하는 회의가 생기데. 한 10년 지나고 나니까. 그러니까 시는 철학과 사상과는 다른 게 아닐까. 그 이전의 상태, 언어, 철학 이전의 세계가 아닐까 하는. 의미로써 형성되기 이전의 상태, 철학이나 사상으로 응고되기 이전의, 철학이나 사상이라는 것은 언어의 세곈데, 언어로써 응고되기 이전의 상태. 쉽게 말해서 감각이라든가 정서라든가 이런 상태, 그건 사상하고는 다르다, 철학하고는. 철학이란 언어로 뭉개진 개념화되기 이전의 세계이고, 그것이 시의 세계가 아닌가, 시뿐만 아니라 모든 예술은, 예술이라고 하는 것은 그런 것이 아닌가, 의미라든가 그런 것이 아니고, 얼른 생각나는 것이 무의미라는 말이 생각나. 불란서의 메를로 뽕띠의 '의미와 무의미' 라는 것이 있다는 것을 나중에 알게 되었지. 그것도 나 혼자 생각한 거야, 사실은.

그런 회의가 들고, 의미 이전 무의미로써 응고되기 이전의 세계, 의미로 설명하는 것이 아니고, 이미지로 그대로 보여주는, 설명을 하지 않고 이렇다 저렇다 판단도 하지 않고, 그런 상태를 무의미라 생각했어. 그렇게 시를 쓰기 시작했어. 서술적 이미지의 시, 순수 이미지다, 그것에 대립되는 시를 비유적 이미지의 시, 그런 의미에서의 무의미를 생각한 거야, 내 무의미 시의 제 1단계가 그렇게 해서 시작된 거지,

60년대. 제 2단계에 들어서서는 서술적 이미지긴 서술적 이미지인데 관념을 배제시키긴 한 건데, 독자가 그렇게 안 보지 않을까, 그런 의심이 들어, 이미지란 의미론적으로 앞뒤가 맞아야 독자 입장에서는 관념이나 상상으로 받아들일 수 있다는 거지, 난 순수한 이미지로써 썼는데, 독자는 그 이미지 배후에 역시 무슨 의미를 나타냈으리라고 본다. 그렇게 받아들일 수가 있다, 그러자 이것도 안 되겠다, 그래서 이미지도 없애버리고, 이미지로써 이미지를 서로 죽이는, 상쇄시키는, 한 이미지를 다음 이미지로 지워버리는 그런 시, 방식. 또 하나는 그 이미지조차 없애버리고 리듬으로 대치해보는 실험을 해봤어. 그게 바로 처용단장 제2부에 나타나지. 그 생각이 그대로. 그걸 한 번 시험해본 겁니다. 의사가 임상실험하듯이, 전형적으로 주문 비슷하게 일부러 그렇게 해본 겁니다.

나로서는 그것이 무의미의 시, 의미를 없애버리는. 그렇게 해서 나로서는 제2단계의 무의미시이다, 그렇게 생각합니다. 시

단에서도 그렇게 받아들이듯이.

최동호 제가 심하게 말씀드리면 어쩔지 모르시겠지만. 사람들이 선생님 논리에 빠져들어 그런 것이 아닌가요. 평론가들이 선생님 산문을 읽다 보면 정말 선생님 논리를 쫓아가기가 힘들어지거든요. 그리고 그 이유 중의 하나는 시가 산문과 같이 가야 되는데,

김춘수 시가 그때부터

최동호 무감각해지지요. 어려워지고

김춘수 남은 무슨 말인지 모르고 내 혼자만

최동호 예, 혼자 중얼거리는

김춘수 주문 비슷한 것, 그게 음악 비슷한 것.

최동호 어떻게 보면 초현실주의자들이 말하는 자동기술법같이, 연상되는 이미지들을 막 떠올리죠. 그런데 그런 것들이 충돌을 일으키면서 시적인 분위기를 느끼게 하는 것도 사실입니다. 그런데 꽃과 같은 시들과 대비해서 보자면, 아주 전통적인 사람들은 꽃과 같은 시를 선호하고, 연애시로 보든 뭐로 보든, 그런데 문제는 그런 실험을 추진해나가는 선생님의 긴장의 밀도 같은 것이 다른 시인들은 오히려 압력으로 느꼈을 테고, 또 그것이 평가되는 면이 될 수도 있었을 거고, 그런 생각이 듭니

다. 그런데 아까 얘기로 다시 돌아가면 선생님께서 언어 문제 언어 저 너머의 세계, 의미의 세계 이런 얘기가 나왔었는데요. 무의미시에서 또 제 2단계 무의미시로 나아가는 단계에서 소위 안티테제로써 김수영적인 의미의 시에 대한 자기의 시학의 정립이라는 이러한 생각도 있지 않았을까요.

김춘수 50년 이상 내가 가장 콤플렉스를 느끼고 의식한 시인이 김수영이야. 같은 시대고 같이 출발했고, 사실은 기술적으로 비슷한 데도 많아요. 그런데 그가 사회문제를 들고 나오는 바람에 더 의식적으로, 난 이쪽으로, 무의미 쪽으로 더 반대쪽으로 간 것 같아요. 그 사람을 너무 의식한 나머지 실험적인, 지금으로 말하면, 그런 시가 무의미 쪽으로 자꾸 추구해 들어갔고, 그 과정에는 그런 게 있었단 말이지. 너무나 수영을 의식한 나머지. 그것만은 아니지만.

최동호 예, 물론 복합적인 문제들이 있겠지요. 선생님 개성도 있고.

김춘수 수영의 압력이 있었던 거지.

최동호 「꽃」과 같은 시를 보면서 제가 느끼는 것은, 전통적인 서정시는 어떤 한계점에서 「꽃」과 같은 시가 쓰여지는 것 같고요. 거기다가 「구름과 장미」에서 장미 쪽으로 더 밀고 나가는 어떤 감성적인 세계가 무의미 쪽으로 가는가 아니면 가지 않는가 하는 생각도 들고요. 그런데 김수영이 문제가 되면 제가 볼 때는 그 사람과의 연대감 얘기하시지 않았습니까? 끝에서. 그 연대감이 나온 역사라든가 현실이라든가 이런 것이 나오지 않습니까.

김춘수 내가 말하는 연대감은 실은 사회성이라든가 역사성보다는 인간 존재론적인 연대성이지.

최동호 예, 그래서 특이한 부분입니다.

김춘수 종교론적인 부분이지.

최동호 그런데 그것이 종교론적으로 안 나가고 끝까지 안 나가신 거지요, 지금까지도.

김춘수 종교론적인 단계에서 머무르지.

최동호 예, 머무르지요. 항상 그 언저리에서 자신을 위치시키고, 거기에서 고독도 느끼고, 거기에서 자기 확인도 하고 그러는 거 아닙니까. 그런데 선생님 유년 시절에는 선교사가 운영하는 유치원에도 다니셨고, 기독교적인 영향도 있으실 테고 그리고 흔히 한국의 시인들이 불교나 이런데 의탁하기도 하는데 선생님은 그렇지 않습니다. 선생님이 지금까지 자신을 지켜오신 게 있다면 무얼까요.

김춘수 예수에 대한 굉장한 콤플렉스가 많았습니다. 김수영에 대한 콤플렉스와 마찬가지로 의식한단 말이지. '예수'를 굉장히 의식한 거지. 그래 내가 동화되는 거, 자꾸 빠지는 게 안돼요. 예수의 기적 같은 것에서 늘 걸려요. 도저히 신앙의 세계에는 못 들어가는 거지. 그래서 늘 콤플렉스로만 느낀 거지요. 의식의 대상으로만 느낀 거지. 어릴 적에 내가 배운, 정서적으로 배운 기독교인데, 어릴적 정서적으로 몸에 배인 것은 물론 기독교이지마는, 어릴 적 내 조모님이 신앙이 불교세요. 한때 삭발을 하실 생각까지 하시려고 하신 분이니까. 어릴 적에 날 키우다시피 했었는데. 그것도 역시 정서적으로 불교가 조모님을 통해서 정서적으로 이런 것들이 와요. 우리 생리는 기독교보다는 범신론적인 불교 쪽에 더 가깝지요. 내가 의식 못하는 부분이 많으니까. 그런 부분이 많지 않겠어요. 양면이 있습니다. 내가 어릴 적에 받아들이는 정서적인 영향이, 종교 영향 속에 불교적인 것도 있고, 그런데 그것이 종교로써 될 수는 없어요. 내가 상당히 지적인가봐.

최동호 제 느낌은 선생님께서 굉장히 이성적인 분이라는 것입니다. 보통 이성이 깊어지면 어느 순간 사람들은 종교로 가거나 사회로 나가거나 하는데, 선생님은 끝까지 자신을 지키면서……. 그걸 보면서 선생님이 중학교 때 느끼셨다고 하던데, 내가 왜 지금 여기 이러고 있을까 하는 그 생각. 그 생각이 처음 느끼신 이후에도 계속 간헐적으로 나타나면서 선생님을 지배하는 어떤 원초적인 자의식이 아닌가요.

김춘수 지금까지, 지금까지 계속되는 거지. 그런데 그것도 말하자면 신앙적으로 나가버리는 것이 아니라 그렇다고 아예 사회 쪽으로 나가는 것도 아니고, 참 존재론적인 차원에 머물러 있는 것이다. 얘기하고자 하는 화두가 그 화두가 존재론적인 단계에서 지금까지 그 단계에 머물러 있어.

최동호 「꽃」이라는 시에 만족하지 않으시고, 무의미시로 더 나가시고 또 제 2단계 무의미시로 나아가시고, 또 「처용단장」 같은 세계로 가시면서 선생님 오늘까지 세계를 형성해오신 그 힘이 거기에 있지 않은가 하는 생각이 드는데, 그런데 그 당사자는 상당히 괴롭지 않을까 하는 생각도 듭니다.

김춘수 형이상학적인 고민을 계속해왔어. 그 부분은 지금까지 상당한 기간 지각을 가진 이후 근 30대 이후 40년 50년 동안 형이상학적인 고민을 계속해왔어. 내가 지금처럼 빼빼 말라 살이 안 찌는 이유도, 내가 그 정도로 형이상학적인 고민을 남모르는 고민을 하는데 화두가 안 풀려서…….

최동호 이게 뭐 다 풀리면 득도를 하시는 게 아닐까요. 그래 선생님 시를 읽어보면서 그 비슷한 것에 관련해 흥미롭게 본 거는 예수는 인정하지 않으시는데, 천사에 대해서는 상당히 알고 싶어했고 이러다가 어느 순간 천사에 대한 인식이 드는 것이 '천사는 온 몸이 눈으로 되어 있을 것이다' 그 관계는 어떻게 말씀해 주실 수 없으신지.

김춘수 그게 실존주의 사상가 세스토로프의 말이지. 체계를 세우지 못한 이 사람이 에세이를 많이 냈는데 그 중에 들어 있어요.

최동호 선생님 자신도 그와 비슷하게 '모든 걸 보고 싶어 하는 사람' 이 아닌가 생각합니다.

김춘수 안 봤으면 오히려 뭐.

최동호 예수를 긍정할 수도 있는데 보이니까. 불가능한 게 보인다고 할까요, 나로서는 받아들일 수 없다, 그런 거겠지요.

김춘수 그러니까 괴롭다. 안 보이면, 안 봤으면 괴로움도 없는데, 보이니까 괴롭다. 보고 괴로워하는 그게 천사다. 천사는 온 몸이 눈인데 그게 투명하다. 투명성, 그게 천사의 본성이다. 그러니까 본다. 모든 것이 보인다 그말이야.

최동호 모든 것이 보인다면, 이렇게도 말씀드릴 수도 있겠는데, 절대자가 되려고 하는 것이 아니냐, 랭보적인 의미에서 견자가 되려고 하는 것이 아니냐 그런 생각도 들기도 합니다.

김춘수 랭보식으로 말하면 견자고. 그런 의미에서 랭보식으로 해석해서 보인다는 게 그게 지성을 말하는 거지. 그게 지적이야. 내가 보기에 지적인 것 같아.

최동호 아주 이지적이고, 섬세하고, 명료하시고 제가 보기에 처음부터 그렇습니다.

김춘수 오히려 정감 이쪽보다는 지적인 면이 더 강한 것 같아. 뭔가 자꾸 추구하려고 하고, 따지려고 하고.

최동호 그런 점에서 보자면 청마와 좀 대비적이지 않겠습니까. 청마는 눈물이 많고, 아주 남성적이고 힘차고 한데…….

김춘수 직정적이고.

최동호 네 직정적이죠.

김춘수 그게 안 맞은 것 같아. 지금 생각해보니까. 청마가 그런 게 있는 것 같아. 너무 직정적이고, 그리고 근본적으로 청마는 기교를 아주 싫어하는 편이야. 청마가 이런 말을 했어. "나는 시인이 아니다. 참 시인은 …… 시인이 아니다."

최동호 뭐 극단적으로 시를 쓸 필요가 없다고까지 나갔죠.

김춘수 '참시인은 시인이 아니다' 이런 말까지 하고. 그게 뭘

두고 한 말이냐면 기교를 두고 한 말이지. 기교를 부린다는 거. 나는 기교를 그렇게 생각 안하는데, 시는 기교가 제일 중요한 것이지. 기교라고 하는 것이 자꾸 차원을 높이는 방법론이지. 방법이라는 것이 지적 아니냐. 지적인 사람은 방법론을 가지게 하는 사람은 어떤 면에서는 아주 소박한 거지. 그대로 유보시키는 것. 그대로 유보시키는 방법. 유보시키는 것 같아도 그게 계산 끝에 유보시키는 거지. 지적인 계산으로. 그게 일종의 방법론을 통해서. 결과적으로 비슷하게 나올는지 모르지만, 그 과정은 난 전혀 몰라. 난 방법론을 통해서, 방법론에 대한 천착이 없었으면 시가 안 된다 그런 얘기야. 엘리엇 같은 이런 경향 시인 계통, 그럴 때는 그것을 방법론이라고 하지 않고 '예술 과정'이라는 말을 써. 예술 과정은 예술가가 한 작품을 만들어 가는 과정, 그게 방법이거든. 그게 없어서는 작품이 안 된다라는 그런 입장이야. 청마 같은 경우는 그런 것을 싫어한다고, 생리적으로 싫어한다고.

최동호 엘리엇 얘기가 나왔으니까 좀 말씀드리고 싶은 게 있습니다. 「전통과 개인」이라는 글에서 보면 '문학과 역사의 관습과 전통 속에서 그 시인이 위치할 바를 제대로 찾을 수 있는 사람' 바로 그런 사람이 역사 의식을 가진 시인이라는 표현이 있습니다. 그런데 선생님의 시의식은 이런 역사 의식과는 달리 뭔가 새로운 것을 추구하고, 뭔가 자기적인 것을 찾으려고 하는 데에서 엘리엇이 말하는 역사 의식하고도 다르고 민중 예술에서 말하는 시대 의식과도 다르고, 오히려 그런 점에서 보자면 초현실주의적인 어떤 의식 쪽에 더 가깝지 않을까 하는 생각도 듭니다.

김춘수 초현실주의의 영향도 있겠죠. 시 작품으로 가지고 보자면 그렇게 볼 수도 있지. 그런데 내가 겪어온 시인으로서의 과정의 입장에서 보자면 어디까지나 존재론적이지. 그러니까 초현실주의하고는 그런 면에서는, 심리적인 이런 것보다는 존재론적이지.

최동호 그런데 초현실주의자, 또는 애기하다보니까 겹쳐지고 복잡하고 합니다만 허무의식이다, 이런 것들이 다 연결되지 않습니까.

김춘수 그렇지 허무하고 연결되지. 실존주의의 출발이 허무입니다. 허무예요. 존재가 없습니다. 본질에 앞선다는 것이 허무를 말하는 거지. 존재가 없다는 것이 허무 아닙니까.

최동호 그런데 초현실주의자들은 대부분 나중에 또 다른 혁명에 실패하면서 자살하기도 하고 뭐 극단적인 파멸이 오고 그러는데. 선생님이 느끼신 무에 대한 허무에 대한, 인식들은 이성적인 여과과정을 거치면서 사실은 현실을 떠날 것 같은데, '발' 이미지가 많이 나오죠, 선생님의 시에 보면. 예를 들면 '물 위에 걸어간 자는 새가 됐다' 든가 예수가 등장할 때 변형이 돼 나옵니다. 의외로 상당히 관념적이고 추상적으로 말하는 것 같은데 현실에 상당히 발을 굳건하게 내딛고 계시지 않나 하는 생각도 듭니다.

김춘수 그게 난 존재론적인 감각에서 나오는 거지. 내가 생각하는 것은 내가 아까 말했지만 의미 이전의 세계, 그러니까 관념세계를 떠난다는 것은 추상세계를 떠난다는 말이지. 어떻게 보면 선하고 통하는 거 같아, 내 시가. 슈르리얼리즘하고도 통하고 선하고도 통하는 거 같아. 선이라는 것이 그게 즉물적인 거거든. 상당히 형이상학적이면서 즉물적인.

최동호 지금 얘기가 자꾸 어려워져서 조금 쉬운 예를 하나 들면서 얘기해 보지요. 「나목과 시 서장」이라는 시를 보면 '무화과나무를 나체로 서게 하였는데,/그 예민한 가지 끝에/닿을 듯 닿을 듯하는 것이/시일까,/언어는 말을 잃고/잠자는 순간,/무한은 미소하며 오는데' 이렇게 나오는 부분이 있거든요. 이 닿을 듯 말 듯한 부분, 요 부분이 이미지로 표현되거나 어떤 관념

 히말라야와 정글의 빗소리

즉 존재에다가 어떤 언어를 시험해 보면 그건 이미 관념이라는
걸 상실해 버리는 게 아닙니까.

　김춘수 그런데 이 시는 「꽃」의 연장선상입니다. 그러니까 관
념적인 시죠. 그러니까 내가 경도된 실존주의 사상을 설명하려
고 든 거죠. 60년대 무의미라고 하는 말을 생각하고 난 이후 관
념에서 벗어나려 하는 거죠. 감각이나 정서를 직접적으로 드러
내려 하는 거지.

　최동호 직접적으로 드러내려 하면 할수록 직접적으로 드러내
기 어려워지는 모순도 있지 않습니까?

　김춘수 물론 그런 모순도 있고, 독자가 볼 적에는 그렇게 안
보는 경우도 있기 때문에, 그게 실패한 경우도 많이 생기고, 그
다음부터는 내가 극단적인 실험도 해보고.

　최동호「순댓국」 같은 시를 보면 '남쪽/눈 내리는 날에/숱 짙
은 눈썹 한 쌍,/숙주나물 시금치/해 저무는 까치 소리 들린다?'
이건 전부 이미지로만 되어 있거든요.

　김춘수 그게 무슨 얘기하는지 얼른 납득이 안 되네. 납득이
됩니까?

　최동호 예, 다른 시편들에서도 이런 부분들이 많이 나오는데
납득이 된 게 뭐냐 묻는다면 또 다른 설명들이 필요하겠죠.

김춘수 시적으로 느낌이 오나.

최동호 예, 느낌이 오죠.

김춘수 그야 시를 자주 접하는 분이니까 그렇게 오지 일반 독자들이야 그렇게 올까.

최동호 근데 거기서 제가 느끼는 안타까움이라고나 할까, 외람됩니다만, 느끼는 거는 선생님이 자꾸 이 부분에서 이렇게 하면 독자들이 과연 이해할 수 있을까에 대한 불안감, 이 메시지가 전달이 안되지 않을까 하는 두려움이 있다는 것입니다.

김춘수 음, 그런 게 있어. 내가 무의미시를 쓴 이후의 내 시는, 내 시 속에 담겨진 메시지는 독특한 메시지지. 그 한 개의 시적인 메시지지. 일반인이 말하는 메시지와는 전혀 다른 메시지지. 사회적인 메시지라든가 이런 거하고는 전혀 다른 거거든. 그러니까 그게 전달되지 않을까 하면 안타깝지.

최동호 「책」 같은 시 마지막에 보면 '이제 막 출하한 마분지 냄새가 난다'. 그런데 이 '마분지 냄새'를 감각적으로 느낄 수 있거든요. 이 시가 발표됐을 때도 제가 어디 잡지 월평에다가 쓴 기억이 나는데요. 처음 화두로 돌아가면 「구름과 장미 사이」에서 장미가 변신하면서 선생님 시 세계가 거듭되어 나오지 않았습니까? 근데 지금같이 마분지 냄새가 나거나 좀전에 읽은 시 같은 이미지로써 되는데, 그것을 사람들이 너무 소품적이라고 보거나 거기서 뭔가를 읽지 못하고 이런 게 뭐가 시냐 하는 데에 대해 너무 대비하는 논리로 너무 맞춘 게 아닌가 하는 생각도 들 때가 있습니다. 무의미시에 오면 그 이론이 나올 때 사람들이 상당히 당황했거든요. 이게 도대체 뭔가, 그리고 또 무의미라는 개념도 종전의 무의미와 다르고, 그 다음 단계에 오면서 완전히 이미지만 가지고 쓴 것, 또는 다른 말로 하면 즉물적으로만 쓴 것. 그런 시들이 오히려 작품 하나로써 고도한 세계를 보여주는 데에는 더 완결된 게 아니냐. 그런데 어떤 점으로 보면 거기서 주석 비슷하게 그러니까 뭐 초기에 보여준 '의미가 되고 싶다' 든가 '눈을 가린 나의 신부야' 라는 것에 대한 그런 것을 항상 걸쳐놓고 계신 게 아닌가.

김춘수 그러니까 역시 언어의 숲이니까. 내가 부지불식중에 나오면서도 내 의도하고 시작품하고는 100퍼센트 맞을 수 없는 경우가 흔히 있을 수 있으니까. 그러니까 내가 그런 예를 「인동 잎」이라고 하는.

최동호 예, 아까부터 그 예를 들고 싶어서 생각하고 있었습니다.

김춘수 그 후반부에 그게 서술적인 이미지로만 쓰려고 난 그런 의도로써 쓴 신데, 써 놓고 나니까 후반부가 그만 설명이 되고 말았다.

최동호 근데 그게 처음에 썼을 때 초고가 있고, 시집에 나오는 원고가 있더군요. 초고는 사실 여러 가지 직정적인 애기들이 많이 있고, 설명들이. 저희가 볼 수 있는 「인동잎」은 상당히 정제되어 있고, 다만 마지막 석 줄 그 중에서도 두 줄, 그리고 마지막 '슬프다' 여기에서 뭔가 있다는 것이지요.

김춘수 '슬프다'는 완전히 설명이지. '슬프다'라는 말을 안하고 슬픔을 느끼도록 해야지. 근데 고만 '슬프다' 이래버렸거든. 그러니까, 아주 타성으로 나도 내가 모를 정도로 깊이 타성화되어버린 거다.

최동호 이런 것들이 종래에 서정시 또는 감상적인 시들과 선생님을 구분 지워주는 그 경계선에 있는 그런 시적인 표현이 아닌가.

김춘수 그렇지, 이 시가 나온 시기가 또 그런 시기고, 60년대 무렵 그런 경향이 있었지.

최동호 그런데 일반 독자들은 요런 시에 매력을 느낄지도 몰라요. '슬프다' 하니까 역시 자기를 안 보일려고 하는 시인의 시와 독자와 사이의 매개가 성립되는 것 같아요.

김춘수 일반 훈련이 덜 된 독자들일수록 설명이 좀 들어가야 되야 하지 않나. 우선 이해가 되어야 하니까.

최동호 「깜냥」 같은 시는 다 '있다'라는 것으로만 얘기하고 있거든요. '바람이 자고 있네요. 그 곁에/낮달도 자고 있네요.'

김춘수 근데 내 시는 시 제목이 그대로 시 한 행입니다, 시 제목이. 제목 이러면 제목으로 보지 말고 시의 한 행으로 봐야지. 이 「깜냥」도 일종의 그런 겁니다.

최동호 시가 아주 재미있게 느껴져서 읽다가 적어 놨는데. 여기서는 특별한 「인동잎」의 마지막 같은 얘기는 없고 그냥 다 얘기를 하고 있어요. 그래서 다 읽고 나면 다시 제목으로 돌아가서 그 시로 순환되는 효과를 생각하며 쓰시지 않았나 합니다.

김춘수 그러니까 '깜냥'이라고 하는 제목이 '깜냥'이라고 돼 있으니까 그 내용이 이 '깜냥'하고 자꾸 결부시켜 가지고 그 내용을 보려고 하는데, 그러지 말고 '깜냥'이라고 하는 것은 시의 한 행이다. 시 한 행으로 집어넣어 가지고 보면 돼.

최동호 그 '깜냥'이란 말 자체가 재미있고, 그게 표현된 시 행들이 다 존재 그 자체가 '있다'고 보여주고 있지 않습니까

김춘수 그러면 나로서는 성공한 거지. 독자들이 그렇게 봐주면 성공한 거지.

최동호 그냥 넘어가면 지나칠 수도 있는 시인데. 제가 볼 때는 「깜냥」 같은 시는 그런 걸 충분히 생각하시고 쓰신 거다, 그런 생각이 듭니다.

김춘수 그게 나는 선(禪)도 그런 세계관이란, 그런 생각을 가지고 있어. 그게 이미지가 존재의 깊이를 건드려주는, 그러니까 존재의 변죽을 울려주는 '그게 시다' 라는 생각을 가지고 있는데, 선도 그런 게 아닌가 싶어요. 변죽을 울려주는.

최동호 그런 면에서 시와 선이 마주치죠.

김춘수 변죽을 울려주면서 그 사람 주체가 깨닫도록 해 주는 거죠.

최동호 너무 얘기가 길어졌지마는 오늘 『처용단장』에 대한 얘기는 해 봐야 되지 않을까 합니다. 선생님이 오래 동안 공을 들이셨고, 100여 편의 시가 쓰여졌는데, 「잠자는 처용」은 1965년에 《현대문학》에 발표가 되었고, 『처용단장』이라는 1부는 1969년부터 발표를 하셨거든요. 『처용단장』 1부 얘기입니다. 1부는 아까 뭐 사바다도 나오고,

김춘수 그건 2부에 나오고, 사바다 나오는 건 2부입니다.

최동호 아, 「들리는 소리」 속에 나오는군요.

김춘수 그건 주문 같은 시들.

최동호 여기 눈, 바다, 산 이쪽 얘기인데요. 예, 1부인데…….

김춘수 그건 이미지 위주지.

최동호 이미지 위준데. 여기 나오는 이미지들은 일상적인 차원에서는 서로 잘 안 맞는 이미지들입니다. 아까 이미지가 이미지를 잡아먹는다는 얘기도 있었고.

김춘수 한 이미지가 다른 이미지를 가지고 지워버리는 거지, 상쇄, 갈등하도록 만드는 거지.

최동호 여기까지만 해도 일반인들이 어느 정도 따라가고, 이미지를 통해서 어떤 메시지를 전하는 거다라는 생각이 드는데, 그 이후에 『처용단장』 2부는 73년부터 쓰시기 시작하셨군요. 「들리는 소리」가 《현대시학》에 73년에 발표가 됐는데, 그때는 조금 다른 소리의 울림을 상당히 많이 쓰고 계십니다.

김춘수 아까 말했듯이 주문 비슷한, 이미지까지 지워버리려고 한 거지. 지워버리려고 하니까 이번에는 시각적 이미지보다는 청각적인 이미지, 음악, 분위기, 음악이 빚은 음악의 분위기, 주문, 분위기를 통해서 뭔가 존재의 변죽을 울려주는 거지. 그게 선적인 방법하고 비슷한 거지.

최동호 근데, 일부 이미지의 병치라든가 이미지의 제시로 선생님의 시가 더 이상 나아갈 길이 찾아지지 않을 때 이런 세계로 가신 게 아닌가 하는 생각이 드는데요.

김춘수 그건 아니고, 이미지가 역시 의미의 그림자를 늘 거느리고 다니니까. 나는 의미를 지우려고 했는데, 독자들이 그렇게 보지 않으니까. 독자를 생각해서, 독자 입장에서 볼 적에 그런 의심이 생겨. 그래서 이미지까지 지워버려야 되겠다. 그래서 그 다음 단계로써 나아가 보자. 그래 밀고 나간 게 제 2부 '소리' 다. 3부, 4부에 가면 낱말까지 없애버려. 그러니까 음절 단위로. 그거는 내가 '음악의 악보' 다, 이런 말을 해본 일도 있고, 그건 '동물의 언어' 다, 이렇게 말한 적도 있고, 내 혼자. 그런 말한 적도 있고, 쓰기도 했습니다. 그런 단계로까지 들어가 버린 거지요. 그러니까 거기에서 더 나아가면 뿌리가 흔들려 시가 안 되는 거죠. 막다른 단계, 그러니까 제 3의 단계다, 난 그렇게 생각해요. 내 무의미시의 마지막 단계다. 음절 단위의 낱말까지 없애버린.

최동호 그런데 이걸 보면서 제가 받은 느낌은 반복을 통해서 소리의 효과를 노리지요, 2부 V 에 이 리듬이 나오는데 이런 경우 왜 이와 같은 것을 채택했을까 저는 그게 의문이거든요. 예를 들면 소리의 세계라 하면 노래로 나갈 수도 있거든요, 시에서. 선생님은 노래로 안 나가십니다.

김춘수 그러니까 노래라고 하는 것은 가곡도 그렇고 가요도 그렇고 의미를 가지고 있는 노래 아닙니까. 뭘 노래했다. 의미를 가지고 있다. 대상이 있다. 그래요. 난 그런 대상, 쉽게 말해 테마, 주제가 없는.

최동호 거기에서 분기점이 되는 것은 무엇입니까.

김춘수 그러니까 이걸 생각해 보면, 음악이 절대악이 있고 표제악이 있지 않습니까. 대표적인 것이 베토벤의 음악은 표제악입니다. 베토벤의 음악엔 반드시 제목이 붙어 있거든요. 〈전원교향악〉이니 〈영웅교향악〉이니 그런 게 전원의 아름다움을 테마로 하고 있다. 주제가 있단 얘기고, 사상이 있단 말이지. 사상을 다른 말로 하면 메시지가 있단 얘기지. 아름다움, 전원의 아름다움을 나타내고 싶다는 메시지. 그러나 모차르트는 전혀 그런 게 없습니다. 모차르트 음악은 절대악, 테마가 없어요. 말소리의 조립이 있을 뿐이지. 그러니까 순수음악이지. 그러니까 완전히 소리, 아까 내가 분위기라는 말을 썼어요. 그게 있을 뿐이지 테마가 없습니다. 이건 뭘 말하려고 한 게 없습니다. 그 속의 음악 자체지. 그래서 2부, 3부에서 난 리듬이라든가, 리듬 위주라든가 그런 경향은 그게 모차르트의 음악에서 온 겁니다. 테마가 전혀 없이 분위기만 전달해 주면서 그분위기가 존재의 다음으로써 오는 느낌.

최동호 그런데 죄송합니다. 제가 말씀드리고 싶은 것은 이런 겁니다. 의미가 있냐, 없냐는 선생님의 시학에서 가장 중요한 명젠데, 의미가 있다 하더라도 어떤 멜로디에 실려서 리듬에 실려서 의미 이상을 뛰어 넘는 것이 노래가 되고, 그 노래의 환기를 통해서 저 먼 곳까지 나갈 수 있지 않습니까. 모차르트적인 것도 순수음이지만은 이 음 자체가 조합이 되면서 음악적인 세계로 우리를 이끌어 가는 그런 게 있는데. 제가 말씀드리고 싶은 것은 2부에서 과연 그런 시인가 하는 의문을 가져봤다는 얘깁니다. 소리로써만 나오고 있는데, 그럼에도 불구하고 여러 가지 의미 있는 단어들이 나열되고, 연결되고 있거든요.

김춘수 언어니까, 그게 음악하고 시하고 다른 게 그러니까 그런 의미에서 볼 때에는 역시 시는 음악보다는 덜 순수하고, 모차르트 음악은 완전히 소리뿐이니까. 소리의 조합이니까. 소리라고 하는 것은 1차적으로 의미가 없거든. 의미론적인 의미로 센스가 없는 세계, 사전적인 의미로 낱말이 없는 세계, 그러니까 훨씬 더 순수한 거야. 그래서 내가 아까 말한 제3부에 들어가면 낱말까지 없앤다.

최동호 네 3부에서 시가 해체되지요.

김춘수 음만이 남는 세계. 그러니까 낱말까지 없애버리는 거야. 그러면 그건 언어의 세계를 벗어난다는 거지. 뿌리 문제가 되니까. 한 걸음 더 나아가 언어의 세계를 벗어나 시도 무엇도 아닌 것이 되는 거지.

최동호 이게 언어가 해체되고, 음절이 해체되면서 이렇게 되지 않습니까? 의미적인 생각은 사라지고 이제 음만 남는 거지요. 거기까지, 선생님으로서는 실험의 극단은 거의 마지막까지 가신 것이 아닌가요.

김춘수 극단이고, 언어 입장에서 보면, 언어가 생기기 이전의 음, 그러니까 동물의 언어, 동물의 소리, 그리고 의미 전달이 되잖아, 동물끼리는. 그런 의미에서 그건 언어란 말야 자기들은. 우리 인간처럼 명확한 개념을 안 가졌다뿐이지. 우리 언어처럼, 인간의 언어처럼. 그러나 의사전달이 된단 말야. 그런 의미에서 동물들의 "와" 하는 소리도 우리는 못 알아들어도 자기네들끼리는 알아듣는단 말야. 사인(Sign)이란 말이지. 그러니까 그런 단계까지 간단 말이지. 지금 단어를 없애버린다. 음절단위를. '아기' 하면 '아' 하고 '기' 하고 이렇게 둘만 있을 뿐이지.

최동호 그것이 근데, 그런 것까지도 부정하였겠지마는 시적인 어떤 즐거움, 시적인 즐거움만은 아니고 분위기, 시적인 어떤 효과, 또는 시적인 것과 음악적인 것, 소리적인 것의 어떤 경계선의 부분을 어떻게 울려주냐 하는 것이 궁극적인 초점이 아니겠습니까?

김춘수 내가 그러니까 해봤다는 거지. 실험적으로 해봤다는 거지. 실상 예술로써는 무리지.

최동호 거의 벼랑 끝에 가서 그냥, 막다른 길에 부딪치지 않을까요.

김춘수 그렇지 뿌리 문제. 막다른 골목에서 시가 없어지는 거지. 단어를 해체시켜버리면 무슨 시가 됩니까. 그러니까 그건 무리지. 억지스러운 일이지. 내가 생각해도, 내가 해놓고 생각해도 억지스런 일을 실험 삼아 해본 거지. 실험적으로다.

최동호 그 전에 실험해보신 '타령조' 하고 이거하고는 어떻게 다르지요?

김춘수 영 다르지. 낱말, 리듬, 의미도 살아 있고.

최동호 음의 해체를 통해 연결이 될 수 없는 언어들을 전개하고 있지요.

김춘수 이렇게까지는 예측은 못했고…….

최동호 선생님의 실험은 후배들의 시에도 많은 영향을 주었고, 평론가들에게 높이 평가되고 있는데요.

김춘수 실험, 산문, 패러디, 해체시적 요인을 해체, 포스트 모더니즘, 개인, 시적 추구에 의해…….

최동호 4부에서는 3부에서 극단화되었던 실험을 정돈하면서 연작 장시를 쓰셨는데 여기에도 어떤 의도적인 것이 있으신게 아닐까요.

김춘수 있을 겁니다. 플롯을 세워 기승전결을 가지고 1부에서는 설화를 바탕으로, 2부는 유년시절 지각이 생기기 이전의 세계이고, 3부는 현실 세계, 인간 세상 그리고 역사 문제를 다뤘습니다. 크게 '처용설화'는 알레고리를 가지고 있는 이야기입니다.

엘리엇의 「황무지」에서도 고전의 현대학이라는 시도를 했지요.

최동호 조이스의 『율리시스』, 릴케의 『두이노의 비가』, 『오르페우스에 부치는 소네트』 같은 작품들도 고전을 종합해서 집대성했다고 볼 수 있겠는데 선생님의 시도 시사(詩史)에서 높이 평가되고 있습니다.

김춘수 30년, 20년의 삶에서 그동안의 시세계를 집약시킨거지.

최동호 이미지, 역설적으로는 릴케가 『두이노의 비가』를 진행하며 소품적으로 얻은 게 『오르페우스에게 부치는 소네트』

아닙니까. 선생님도 「처용단장」을 쓰면서 많은 소품들을 얻고 있습니다.

김춘수 『처용단장』의 해설에 시말서라고…….

이걸 장기간 긴장 상태에서 지속되니까.

떨어진 이삭이 많아 산문시집을 내고, 시말서에……

최동호 최근 시를 보면 우선 이번에 《문학과 의식》에 발표하신 「이내는 발이 없다」의 '그 셋'을 보면 나비 한 마리가 나오고 있습니다.

김춘수 최교수의 느낌은 어떠신가.

최동호 일부 사람은 모더니스트 김기림의 「나비와 바다」의 변형이라고 말하지 않을까.

김춘수 세 번째 댓구에서 티벳의 불교, 신비스런 고산지대, 킬리만자로 그걸 연상하고 쓴 '날개를 묻고 죽는다 / 감은 눈이 서늘하다'는 해탈의 경지를 뜻하지.

최동호 종교적 경지인가요?

김춘수 구원의 세계라고 할 수 있지.

최동호 '감은 눈이 서늘하다'는 처음부터 따라오는 이미지이지요.

김춘수 감은 눈의 메시지는 죽음, 죽음의 구원, 해탈됐다를 의미하는 거지. 시는 해탈이다. 관념으로 노출되는 것이 아니고 이미지로 보여주는 해탈인 셈이지.

최동호 중학교 시절에 했다는 토끼몰이에서 보았던 토끼의 빨간 눈, 그리고 유학 시절의 천사의 눈 등이 '감은 눈'과 연결이 됩니다.

김춘수 토끼 사냥에서 본 빨간 눈은 픽션이죠. 자의식으로부터 연상된, 봤다고 느낀 물리적이 아닌.

최동호 고도에서 죽은 나비의 눈도 마찬가지인가요?

김춘수 내면적 연결이지.

최동호 시인이 본 '느꼈다'는 것은 실제로 '보였다'는 것과는 다르지요.

김춘수 심리적, 내면적인 것이지.

최동호 '이내' 즉 안개는 산에 솟아오르는 안개와 같은 것인데「이내는 발이 없다」의 '그 하나'에서 '내 목청이 / 길을 잃었나보다.'라는 구절이 보입니다. 그리고, '어느 하늘 밑을 가고 있나'라고 말하고 있는 깊은 의미가 있을 듯합니다.

김춘수 심각한 설명이 되겠지만 회자정리, 인연의 세계에서 만난 후 헤어짐을 무의미, 표리의 관계, 간단하지만 가장 심각한 이 세상 누군가 많은 인연을 맺어 이승에서 만나 저승으로 가게 의식하도록 만드는 것이 우리에게 인간에게 가장 큰 행복이 아닐까요.

최동호 삶의 먼 끝에 가 있는 생각 특히 부름, 바쇼가 말년에 쓴 하이쿠 '여행길에 병들어/꿈은/황야를 맴돈다'와 같은 것을 뜻하나요?

김춘수 '선' 그가 바로 선이지.

최동호 이미지로써 모든 것을 말하지요.

김춘수 관념, 설명이 아닌 이미지. 즉물적 선.

최동호 여러 이미지들이 중첩되면서 전제하고 시작이 계속되는 것 아닙니까.

김춘수 「처용단장」은 의식적으로 쓴 시이고, 최근 시는 즉흥적으로 쓴 시들이지. 방법론적으로 인식하지 않고, 그냥 무리 없이 나오는.

최동호 고뇌와 파괴 이후 경지에 올라, 높은 곳에 오른 나비와 같이 자연스러운 것이 되어야지요. 그런데 김기림의 '나비'와는 어떻게 다른지.

김춘수 김기림은 유미적인 나비이고, 나는 존재론적 뉘앙스를 풍기는 나비이지.

최동호 '그 넷'을 보면 '풀벌레 울음소리를 따라 실성한 사람처럼 / 나도 이웃마을까지 가본 일이 있다.'는 범상치 않은 시적 메시지를 가지고 있는데. '꽃', '인동잎'과는 다른 삶의 경계를 넘은 표현으로 '너는 어느 하늘 아래를 가고 있느냐'가 있다면, 인간적 체취를 느낄 수 있는 '감방'은 극적 장면이 의식 속에 떠오른 어떤 사람의 극한을 본 것이 '그 다섯'에는 인간은 아귀가 아닌가 하는 의문이 담겨 있습니다.

김춘수 육체를 가진 것의 슬픔.

최동호 아귀적인 것에 대한 인식은 심화되지 않았다고 느껴지지만 아귀적인 것을 뿔로 표현한다는 것이 재미있습니다. 그 뿔은 시를 계속 써온 고통을 표현한 것이라 볼 수 있겠구요.

'이웃마을', '에베레스트의 나비', '하늘 밑 수나' 등등 서로 연결이 가능한 것이 아닐까요.

김춘수 '수나'라는 말은 앞에 '옥'을 붙이면 재미있어요. '옥순아'를 이어 말하면 '옥수나~' 하고 부르는 것이 얼마나 아름답게 느껴지는지 유치원 다닐 때 이승을 느낄 수 있는 지금은 윤곽도 없는 그 아이.

최동호 최초의 여인이었습니까? 마지막 잊지 못할 여인입니까?

김춘수 '내 목청/길을 잃었나보다.'에서 갈망과 그리움이 간

절함으로 부름, 기척 없는 엉뚱한 길, 숙명적인 만날 수 없는 그
리움의 대상 만날 수 없음.

최동호 꽃에서 '의미가 되고 싶다'와 '수나의 대답 없음'은
부르고 싶은 마음, 운명적 발견이라고 볼 수 있지 않을까요.

김춘수 어딘가 살아 있는, 어딘가 있는, 만나지 못하는.

최동호 40년 동안의 시의 역정을 정리하신다면.

김춘수 독자 입장보다는 작자인 내가 납득이 될 수 있는 시를
써 왔지.

최동호 단순해 보일 수 있지만 자연스럽게 나오는 시에서 작
의적이 아닌 자연스럽고, 허심하게, 그러면서도 무심하게 시가
나온다는 것은 시를 의식하는 단계를 넘어서, 팽개쳐버리고 개
의치 않고 쓰는 것이지요.

작자는 어떤 의도를 가지고 작품을 쓰지만 제대로 된 비평
가는 밖으로 드러난 것만이 아니라 그 숨은 의도마저 읽어 내
야 되는데, 작자의 숨은 의도를 독자가 더 깊이 이해하지 못
하고 마는 경우 안타까운 일이 됩니다.

김춘수 비평은 숨은 의도까지 밝혀주는 역할을 하지 않습니
까.

최동호 숨은 의도까지 제대로 읽는 비평을 하기 위해 서로 많

은 노력이 필요할 것입니다. 늦은 시간까지 이렇게 시간 내주셔서 고맙습니다. 내내 건강하십시오. 감사합니다.

(1999년 1월 12일 오후 2시부터 6시 30분까지 우성아파트 9동 506호 명일동 자택에서)

* 이 대담은 김춘수 시인의 15번째 시집 『의자와 계단』(문학세계사)의 출간을 기념하여 《문학과의식》 1999년 봄호에 신작시와 함께 실었던 것이며, 이 자리에서 거론된 텍스트는 1994년 민음사판 『金春洙全集』이다.

숨소리 또는 薄明의 시학

좌담: 鄭玄宗, 崔東鎬, 홍용희

홍 두 분 선생님 안녕하십니까. 먼저 유서 깊은 현대문학상을 수상하신 정현종 선생님께 축하드립니다. 오늘은 최동호 선생님과 수상 당사자이시며 논의의 대상 시인이신 정현종 선생님을 직접 모시고, 1965년에 문단에 나오신 이래 지금까지 30여 년에 걸쳐 활발하게 시작활동을 해 오신 정 선생님의 시 시계와 미학적 관점 등에 대해 얘기를 나누어 보기로 하겠습니다. 이러한 논의 과정이 정현종 시인의 깊고 풍요로운 시의 숲에 한 걸음 더 접근할 수 있는 계기가 되었으면 합니다. 먼저 이번 수상의 대상이 된 작품을 포함한 최근의 작품세계에 대하여 최

선생님께서 검토해주시지요.

崔 우선 정 선생님의 현대문학상 수상을 축하드립니다. 이번에 수상하시게 된 계기를 통해 선생님 시를 전체적으로 생각해보니까 그동안 선생님의 시적 성과에 비추어볼 때, 문학상과는 인연이 멀지 않았는가 여겨집니다. 문학상에 대해 선생님이 좀 무심했거나, 초월하지 않았었나 하는 생각이 드는군요.

鄭 글쎄요, 무심했다면 주는 쪽에서 무심했고, 초월했다면 받는 쪽에서 초월했다는 말씀이겠군요. (웃음) 하여간 좀 쑥스러웠습니다. 다른 사람에게 돌아가서 격려가 되어야 할 상이 아닌가 하는 생각에 부담감도 느껴졌고요.

崔 문단에 나오신 이래 지금까지 지속적으로 왕성한 시작활동을 하시고 계신 선생님의 시 세계에 대한 정당한 평가라는 측면에서 쑥스러워하실 문제가 결코 아니라고 생각됩니다. 선생님의 작품 세계로 바로 들어가보기로 하지요. 근작에 해당하는 작품 중에「그 꽃다발」이란 시가 주목됩니다. 이 시의 공간적 배경은 중남미를 여행하셨을 때에 들르셨던 마추피추군요. 이 작품의 핵심적인 구절은 '항상 씨앗의 숨소리가 들리는/어스름 속에서'와 그 상황에서 어린 소녀에게 꽃다발을 산 것에 대한 느낌에 대해 '허공의 심장이 팽창하고 있었습니다' 라고

한 마지막 표현으로 보입니다. 이 두 구절을 연결해보면 마추피추에 가셨을 때의 선생님의 느낌과, 아울러 최근에 보여주는 선생님의 시세계의 한 특성과 잘 결부된다고 여겨집니다. 이 작품의 창작과정에 대해 들려주시면 독자들의 작품 이해를 돋우는 데 도움이 되겠습니다.

鄭 예, 지난 6월에 글 쓰는 친구들 몇 명과 남미 여행을 떠났었습니다. 칠레 리마의 가톨릭 대학에서 한국 문학 소개와 작품 낭독도 하고, 아르헨티나에서 학술 발표도 했던, 일과 놀이를 겸한 여행이었습니다. 이때 일정에 따라 마추피추에 갔었지요. 마추피추는 네루다가 시를 써서 더욱 널리 알려진 지역이어서, 저로서는 한번 가보고 싶은 곳이기도 했습니다. 거기는 해발 삼천 미터가 넘는 산악지대인데 기차는 가다가 한참 서 있기도 하고 그랬어요. 마추피추를 구경하고 쿠스코라는 잉카의 옛 수도로 돌아오는데 무슨 이유인지 기차가 멈추어서 잠시 내렸는데, 땅에 붙어 있는 듯이 작은 소녀아이 하나가 꽃다발을 들고 서 있었어요. 나는 저녁 어스름 속에 서 있는 그 어린애한테 가서 그 꽃을 샀습니다. 최 선생님이 지적하신 '항상 씨앗의 숨소리가 들리는/어스름 속에' 서 나오는 어스름, 박명은 나한테는 그 전부터 마음 설레는 깊은 시공입니다. 박명은 낮에

는 보이지 않고 들리지 않았던 사물의 깊은 심연이 열리는 시공이지요. 어스름 속에서는 사물의 비밀이 푸른 도깨비처럼 나타나고 꽃의 향기처럼 냄새나기 때문에 자연스럽게 '씨앗의 숨소리'라는 표현을 하게 된 것 같습니다. 박명의 시공에서는 사물의 경계가 지워지고 서로 내통하는 것처럼 보입니다.

崔 예, 이 시 속으로 한 걸음 더 나아가면 '이럴 때 눈은 우주입니다'라고 쓰고 있습니다. 이때 눈이란 소녀의 눈일 수도 있고, 시인의 눈일 수도 있을 터이지요. 이 작은 눈이 우주적으로 확대되고 퍼져나가면서 꽃다발을 매개로 하여 '허공의 심장이 팽창' 해감을 느끼는 시적인 연상작용의 확산은 선생님의 초기 시부터 보여준 개성적인 시적 상상력으로 파악됩니다.

鄭 마치 환영나온 것처럼 꽃다발을 들고 있는 작은 아이의 인상과 박명의 빛이 만들어내는 주변 정황들이 합해져서 그러한 느낌이 자연스럽게 스며들어왔다고 말할 수 있겠지요. 누구나 자기가 보고 느낀 대로 쓰는 것일 테니까요.

崔 이 시에 대해 마지막으로 하나 더 나누고 싶은 얘기는 선생님의 시에서 꽃의 상징적 의미가 무엇일까 하는 생각입니다. 지난번 시집 제목도 『한 꽃송이』였습니다만, 이 시편에서도 꽃다발이 중심 이미저리로 등장합니다. '작은 소녀', '저녁 어스

름’ 그리고 ‘그 꽃다발’로 귀결되는 이 시의 전개에서 ‘꽃다발’
이 시적 공감을 확산시키는 중심 매개체의 역할을 하고 있습니
다. 선생님의 근작의 시세계에서 시적 감응력을 응축적으로 확
산시키는 중심 이미지인 꽃과 최근에 노래하시는 생명적인 것
과의 연관 그리고 ‘꽃’을 통한 우주적 교감 등은 퍽 중요한 문
제일 것 같습니다.

　鄭 꽃이라는 건 흔히 어떤 정점 무슨 최상의 충일한 상태를
나타내느라고 갖다가 쓰지요. 최 선생님도 시를 쓰시니까 잘
아시겠지만 시에서 꽃이라는 게 감당하면서 피워내는 건, 그게
생각이든 감정이든 욕망이든, 하여간 그런 것들의 제일 밀도
있는 상태의 비유, 대상 쪽에서 말하자면 어떤 모습이나 움직
임이나 성질이 갖고 있는 가치나 아름다움의 절정, 쇠붙이로
말하자면 금이 하는 일과 같고 천체로 말하자면 태양에 상응하
는 것이라고 할 수 있지요. 지상의 보물이지요.

　홍 최 선생님께서 최근의 정 선생님의 시세계 속으로 접근하
는 열쇠가 되는 이미지로 〈꽃〉을 들어서 구체적으로 지적해주
셨습니다. 실제로 정 선생님의 시세계에서 비교적 근작의 시편
들에 올수록 〈꽃〉의 이미지가 두드러지게 자주 등장하는 것을
볼 수 있습니다. 이 점은 정 선생님의 시적 역정에서 『사랑할

시간이 많지 않다』 이전과 그 이후 단계간의 변별되는 한 층위를 보여주는 요소이기도 하다고 생각됩니다. 종전의 시편에서는 이를테면 '오 나는 저 숨막히는 뚜껑/창천 속으로/얼마나!/뛰어들려고 했던가' (「蒼天 속으로」) 등에서 진술하듯 대상과의 합일에 대한 갈망과 좌절의 긴장을 보여주셨는데 반해 근년에 이르러서는 대상에 대한 집착을 마음으로부터 버림으로써 안과 밖의 경계가 없는 혼연일체의 세계를 보여주시고 있습니다. 이러한 시적 변모의 결과물이 바로 완성된 충일한 생명의 한 극점을 표상하는 '꽃'의 이미지라고 생각됩니다. 특히 「모든 순간이 꽃봉오리인 것을」과 같은 작품에서는 이러한 평정과 자재의 '꽃'의 특성을 뚜렷하게 읽을 수 있습니다.

鄭 여러 해 시를 쓰다 보면 변모는 자연스런 것이겠는데, 읽는 사람으로서는 그런 변화의 바탕에 깔려 있는 변하지 않는 무슨 일관성 같은 걸 짚어내는 안목도 있어야 할 거예요. 그런 점에서 홍 선생 얘기에 그럴 듯한 데가 있습니다.

崔 정 선생님의 시에는 꽃 이외에도 식물적 이미지가 자주 등장하는 특성을 볼 수 있습니다. 특히 초기 시에서부터 근작의 시에 이르기까지 '나무'의 이미지가 자주 등장합니다.

鄭 네, '나무'는 옛날부터 지금까지 줄곧 등장을 합니다. 나

무는 땅에 뿌리를 박고 하늘을 향해 올라가기 때문에 사람의 삶의 마땅한 모습을 보여주는 것 같아서 좋고, 어떤 프랑스 철학자는 사이프러스 나무를 두고 하늘과 땅을 잇는 하이픈이라고 했지만, 하여간 나무는 그 모습 그대로 아주 탄력적이고, 둥글고, 생명의 모습입니다. 이 세상에서 한없이 바라봐도 싫증이 나지 않는 게 많지 않을 텐데, 나무가 바로 그런 물건입니다. 그야말로 의미심장한 존재지요.

홍 정 선생님의 시에서 '나무' 이미지는 역시 중요한 이미지로 자주 등장하는 '춤'과 유사한 선상에서 파악될 수 있을 것으로 여겨집니다. 지상에 뿌리를 두고 있으면서도 천상을 지향하는 나무 이미지의 상징성은 선생님이 지향하시는 하강의 속성을 지닌 육신의 고통스러운 무게로부터 벗어나고자 하는 정신의 상승 욕망의 한 표출로 이해됩니다. 그리고 '춤'의 몰입 역시 현실의 원리를 거역하고 천상으로 상승하고자 하는 절대 자유 의지의 표상으로 풀이됩니다. 이렇게 볼 때, '춤'과 '나무'는 공통적으로 고통스러운 현실로부터의 자유와 해방의 갈망이라는 상징적 의미를 지니는 것으로서, 선생님의 시세계에서 가장 핵심적인 이미저리라고 생각됩니다. 그야말로 '고통의 축제'를 보여주는 시적 질료인 것이지요.

鄭 그렇게 볼 수도 있겠네요.

홍 선생님의 시는 자유와 고통의 언어 세계라고 말할 수 있을 것 같습니다. 현실을 속박하는 잠금의 질서로부터의 일탈과 해방을 노래한다는 측면에서 자유의 언어이며, 동시에 이러한 자유의 언어가 억압적인 현실 원칙에 대한 부정과 항거에서 비롯되었다는 측면에서 고통의 언어라고 할 것입니다. 다시 말해서 선생님의 시의 다채로운 역동성은 현실의 고통의 결핍을 자양분으로 하여 솟구쳐오른 자유와 축제의 언어 세계라고 말할 수 있을 것 같습니다. 그러면 여기서 선생님의 시의 진원지인 현실을 고통스럽게 억압하는 지배권력의 실체는 무엇일까? 하는 의문을 제기하게 됩니다. 선생님 시에서는 억압적인 지배권력이 어느 특정 지배집단이나 대상으로 뚜렷하게 제시되어 있지는 않습니다. 선생님은 현실의 꿈과 생명을 감금시키는 억압적인 지배권력은 타성화된 우리들의 일상적인 규범체계나 윤리의식, 관행 등에 걸쳐 견고하게 스며들어, 익명화되면서 보편화되었다고 인식하는 것으로 파악됩니다. 이를테면 지배권력의 존재 양태가 중앙 집권식이 아니라 미세한 지방분권식이라고 인식하는 것으로 여겨집니다.

鄭 글쎄, 반성적 성찰을 통해 우리를 억압하는 힘들이 우리

주변에 미세하게 퍼져 있는 것이라고 의식하고 시를 쓰지는 않은 것 같습니다만, 그렇게 지적을 하시니까 그런 것 같기도 하고, 아주 그럴 듯합니다. 우리를 자유롭지 않게 하는 억압적인 힘은 우리들 바깥에도 있지만 우리 안에도 있을 것입니다. 억압적인 권력이란 우리가 살아가면서 길들여진 인습, 규범, 사고방식 등에 걸쳐 산재해 있는 것이지요.

崔 7, 80년대에는 억압구조에 대한 담론이 가시적인 대상에만 집중되었던 시기였지요. 또한 그렇게 하는 것이 당대적인 유효성이 더 크고 직접적이라고 여겨졌던 것입니다. 그러나 이제는 좀더 근원적이고 본질적인 문제가 무엇인가 하는 데에 시각을 돌려야 하는 반성적인 성찰의 시점에 와 있다고 생각합니다. 보다 성숙해진 90년대에 도달한 오늘날의 시점에서 지나치게 현실을 이분화시켜서 투쟁과 대응논리로 모든 것을 환원시켜버리는 거대 담론으로부터 벗어나야 할 때가 되었다는 것입니다. 오늘날 거대 이론이 무너졌다고 하는 것은 거대 이론에는 사람들을 통합하고 지배하려는 의욕이 내재되어 있었다는 반성적 인식과 더불어 오늘날에는 그 유효성과 지배력이 상실되었다는 것을 함께 뜻하겠지요. 모든 것이 생성, 소멸하는 가운데에서 시인이 무엇을 좀더 본질적인 것으로 여겨서 시적인 테마로 삼을 것이냐 하는 것은 시인의 고유한 자유의 영역일 것입니다. 한때는 시의 창작행위가 이렇게 해야 한다는 당위성과 강박관념에 지배되었었고, 사람들 사이에 그것이 묵계가 되어 통용되고 더 나아가 갈채가 보내지기도 했던 적이 있었습니다. 오늘날에 와서는 삶이란 무엇이고 시란 무엇인가 하는 생각을 진지하게 검토해야 할 때가 아닌가 하는 생각이 드는군요. 그것이 또한 우리 시를 더욱 다양하고 성숙하게 발전시키는 것이겠지요.

鄭 그렇습니다. 예술작품이란 어쨌든 부자연스러워서는 안된다고 생각합니다. 노래도 어색하고 부자연스러우면 불려지지도 않고, 듣기도 싫은 것과 마찬가지지요. 시가 시대의 대세나 명분에 지나치게 강박감을 느낀다든지 의도적으로 유행을 따른다든지 해서는 자연스러운 작품이 되지 못하겠지요. 물론 한때는 살아 있다는 사실 자체가 부끄러울 만큼, 정치적으로 암울했던 시기도 있었지만, 그러나 그런 때에도 시라는 건 어떤 여과 과정을 거쳐야 하지 않겠는가 생각됩니다. 어려운 시대를 겪으면서 쓰여졌던 시를 읽어보면 과장이 심하고 부자연스러운 것을 발견하게 되기도 합니다. 역시 좋은 작품은 좀 천천히, 뜸을 들이고 익어서 나와야 되는 것일 거예요.

崔 정 선생님의 애기의 요점은 시는 자연스러워야 한다는 것
과 좋은 시의 창작을 위해서는 기다리는 일이 필요하다는 말로
정립됩니다. 우선 부자연스럽다는 것은 무엇인가를 강하게 의
식하고 있기 때문이겠지요. 그동안 우리는 이미 만들어진 어떤
도식을 정해놓고 실제를 끼워 맞추려고 하니까 부자연스러웠
습니다. 그리고 또 한 가지는 우리 근대사는 변화의 속도가 너
무 빨라서 기다릴 만한 여유를 못 가졌던 것 같아요. 시 역시도
그날 그날에 봉사하기에 바빠서 좀더 자연스럽게 숙성할 때까
지 참고 견디지를 못 했던 것이 그 동안의 우리의 삶이 아니었
나 생각됩니다. 선생님의 초기 시세계에서는 니진스키의 '춤'
의 몰입과 그 순간의 삶의 환희 그리고 그 환희로 인해서 느끼
는 고통스러움을 통해 사물과의 합일을 갈망하는 모습을 보여
주었습니다. 그리고 그 단계를 지나 사물의 꿈과의 거리를 넘
어서면서 사물과 합일되어가는 면모를 보여주는데, 이러한 과
정에서 선생님 시에 자주 등장하는 중요한 이미지로 '바람' 이
라는 것이 있습니다. '바람' 은 선생님의 시적 기질처럼 보이기
도 합니다. 어떻게 보면 가만히 있는 사물은 느낌을 주지 않으
니까, 움직이고 바람을 일으켜야 할 테지요.

鄭 최 선생님이 경황없이 살아온 우리의 근대사에 대해 지적

해주셨는데 좋은 지적이라고 생각합니다. 이제는 좀 그렇게 경황없이 살지 않아도 되지 않을까 생각되는 시점인데, 그러나 또 다른 것들이 우리를 경황없게 하고 있어요. 그 대표적인 게 돈일 테고 돈과 다 관련이 있겠지만 이른바 첨단 정보 통신망, 전자 영상 매체, 산업화와 도시화, 그에 따른 사회의 기계적 조직화…… 굼뜬 사람은 인제 살아가기 힘든 세상이 되었는데, 이런 시대에 시를 비롯한 예술의 정체성이라고 할까 값어치가 뭐냐 하는 데 대해 생각하게 됩니다. 오늘날 사람이 하는 일 중에서 아마 예술만이 자연의 보폭과 비슷하게 가고 있을 거예요. 자연의 원초성이나 리듬에 어울리는 것도 예술뿐일 테고…… 세상이 아무리 빨리 변해도 시는 생명의 변하지 않는 근원에 닿아 있고 거기서 나오는 원초적인 동력이 시라는 형식을 타고 바깥으로 퍼져나가는 거예요. 나는 이런 걸 두고, 다시 말해서 시를 두고 인공 자연이라는 말도 해보았습니다만, 하여간 시와 시인의 보폭은 영원히 서두르지 않는 걸 거예요. 세상이 이렇게 돌아가는데 시도 거기에 발을 맞춰야 하지 않느냐고 거꾸로 말하는 사람도 있는데, 그건 잘못된 생각입니다. 시가 뭔지 모르고 하는 소리지요.

홍 우리를 경황없게 하는 것들이라고 할 때, '경황없게 하는 것' 이란 말을 우리를 감금시키는 억압 사슬이란 말로 환치시켜도 무방하지 않을까 생각됩니다. 억압 사슬이란 구체적으로 말하면 최 선생님께서 앞에서 어떤 도식이 미리 설정되어 있고, 거기에 실제를 맞추려고 한 것이 지나온 우리 근대사였다고 하셨을 때의 그 도식이라고도 할 수 있겠지요. 어떤 시대적 대세나 당위성에 의해서 만들어진 이 도식이 구체적인 현실 속의 생동하는 사물의 꿈과 생명의 진정성을 재단하고 감금시킨 억압적인 질서였다고 할 것입니다. 이렇게 볼 때, 사물화된 도식이나 규범과 관습이 바로 우리 일상의 도처에 산재하는 억압적인 지배 권력의 현현태이며, 또한 우리를 경황없게 하는 장치들이라고 할 수 있을 것입니다. 정 선생님의 시세계는 관행화된 언어 규범 체계나 상투적인 표현을 거부하는 일탈의 형식적 특징을 보여주는데 이러한 면은 기존의 억압적인 문화 구조와 질서에 대한 부정과 항거의 의미를 지니는 것으로 파악됩니다.

鄭 예, 그렇게 볼 수도 있겠지요. 도식은 생명의 질서와는 반대되는 성질을 갖고 있는 것이지요. 그러나 도식이나 개념화는 하나의 편법이기 때문에 문제화가 있는 한 사라지지 않을 것입니다. 그러나 이러한 것들이 우리가 삶과 문화를 이해하는 하나의 수단이며 도구여야 하는 것이지 최종적인 진리로 행세하

면 억압적인 틀로 작용하게 되겠지요. 이 점을 알고 개념적인 언어나 도식을 사용하는 것과 모르고 사용하는 또는 큰 차이가 있을 것입니다. 평론가들이 작품을 논의할 때에도 이 점을 염두에 둬야겠지요. 생명 현상은 끊임없이 움직이고 생동하는 것이어서 어떤 개념, 도식, 규정의 틀에 가둘 수 없는 것이지요.

　홍 앞에서 최 선생님께서 제기하신 '바람' 이미지에 대한 것도 지금 정 선생님께서 지적하신 생명의 속성과 연관지어서 생각해보면 그 해법을 찾을 수 있을 것 같습니다. 실제로 정 선생님은 바람의 시인이라고 할 만큼 '바람'이 시적 소재로 매우 빈번하게 등장합니다. '나는 바람남편'(「나는 별아저씨」), '바람 부는 날 저는 바람이었어요'(「빛나는 처녀들」) 등에서 보이는 바람과의 친밀성을 표현한 시 구절들을 매우 자주 만날 수 있습니다. 이러한 바람이란 바로 정 선생님의 일관된 시적 주제이기도 한 소생되어야 할 생명의 속성과 근원적 동일성을 지니는 것이라고 파악됩니다. 바람이란 어느 한 곳에 정박하지 않는 속성으로 인해, 잠시도 일상의 편견 속에 매몰되거나 속박되지 않으며, 동시에 어떤 대상과도 교감할 수 있는 자유로운 존재라는 측면에서, 바로 역동적인 생명의 속성과 동일한 상관성을 지닌다고 생각됩니다. 정 선생님의 시세계가 바로 이러한 날쌘 바람의 상상력에 따라 이루어지기 때문에 생동하는 생명의 실재에 대한 구현을 노래할 수 있지 않는가 생각됩니다. 이제 논지를 좀 바꾸어서 선생님의 시 세계가 보여주는 또 다른 중요한 측면에 대해 얘기해보기로 하겠습니다. 선생님의 30여 년에 걸친 시세계를 관류하는 본령은 생명을 억압하는 감금의 질서 속에서 생명과 사랑의 질서 세계를 복원하고자 하는 일이라고 생각됩니다. 선생님이 인식하시는 생명이 출렁이는 질서 세계는 인간과 자연 그리고 모든 사물이 하나의 삶의 공동체로서 조화를 이루며 살아가는 세계로 파악이 됩니다. 이러한 인식에는 인간과 자연은 한 몸이라는 동양의 일원론적인 사고를 토대로 하고 있다고 여겨집니다.

鄭 모든 생명이 자발적인 개체로서 쾌적한 상태를 유지할 수 있는 세계가 바로 생명이 살아갈 만한 세계라고 할 수 있을 것입니다. 그러나 인간의 역사가 그런 방향으로 전개되어 왔다고 보기 어려워요. 이 인간의 문명의 진행을 역전시키려고 하는 것, 이것이 무모하겠지만 시인의 꿈이라고 할 수 있습니다. 앞에서도 얘기했지만 세상이 아무리 바뀌어도 생명의 본성은 천만 년 전이나 오늘이나 마찬가지입니다. 사람과 다른 모든 생명체의 변하지 않는 자연(본성)을 드러내고 보존하고 기리는

일이 시인의 일일 거예요. 기억에서 희미해져가는 근원, 잃어
버린 고향을 찾아가는 일이라고 할 수도 있겠지요. 시인은 그
래서 영원한 미개인이라고도 할 수 있습니다.

　홍 정 선생님께서 지적하신 것처럼 인간은 자연의 일부로서
생명 공동체 속의 동등한 개체로서의 일원인데, 산업 문명은
인간을 위한다는 명목 아래 자연을 지배하고 파괴해왔습니다.
이렇게 되면 자연히 생명 공동체는 파괴되어 급기야는 인간 생
명까지 위협받는 상황이 초래되었습니다. 자연의 파괴는 근대
문명의 약속을 대재난으로 한 순간에 반전시킨 것이지요. 선생
님이 비판적으로 노래했듯이 오늘날은 '너나없이 고스란히 죽
음에 노출돼' (「급한 일」)있는 극한상황에 이른 것입니다. 이제,
생명 공동체의 질서는 단순히 추억 속의 그리움과 동경의 대상
이 아니라, 구체적으로 현실 속에서 복원시켜야 할 당위적인
과제로 떠올랐습니다. 이러한 상황에서 선생님의 '헌 세상 시
들한 시간에 새살나게 하는' (「回心이여」) 생명 소생의 노래는
매우 소중한 울림으로 여겨집니다. 그러나 '생명'이란 용어까
지도 상품화되는 오늘날의 후기 산업 사회의 거대한 통화 가치
체계의 회로망 속에서, 생명의 질서 세계의 재건은 어떻게 가
능할 수 있을까요.

鄭 모든 생명체가 다 중심입니다. 그러니까 중심은 생명의 수만큼 많아요. 이건 말로만 그렇다는 게 아니라 실제로 그렇게 느껴지지 않습니까? 모든 생명체가 다 중심일 때 생기는 균형…… 그건 아주 절묘한 균형이라고 느껴지는데, 그게 파괴되고 유린되면 재앙이 닥치리라는 예감이 들지 않아요? 그런 느낌의 회복, 그런 민감성의 회복(인도 출신의 한 사상가는 사랑이란 바로 민감성이라고 말했습니다만)에 시가 조금이라도 기여를 할 수 있었으면 합니다.

홍 시인은 왜곡된 시대에 대해 왜곡되지 않은 언어로 대응함으로써 사랑과 생명의 황금 고리를 복원하는 길에 나아간다는 말씀으로 이해됩니다. 실제로 선생님의 시에서는 모든 사물은 제각기의 꿈과 소리가 있는데, 이것을 사물의 눈과 귀를 통해 보고 듣지 않고, 인간 자신의 자로 재단해내는 것은 바로 생명을 잠그는 행위라고 노래하고 있습니다. 이렇게 보면 선생님의 시적 역정은 끊임없이 오늘날 망각의 늪 속에서 사라져가고 있는 생명과 삶의 언어를 찾고 회복하는 길이었다고 이해됩니다.

崔 모든 사물은 꿈이 있는 신성한 것이고, 또한 그것들은 서로 일원론적인 연결 고리를 지니고 있다는 인식이, 바로 생명의 세계관이라고 할 수 있겠지요. 이제 서두에서처럼 구체적인

작품으로 논의의 방향을 돌려볼 필요가 있겠습니다. 선생님 시의 근작 중에 '밤에 산을 오르내리며'란 부제가 있는 「내 어깨 위의 호랑이」를 아주 흥미 있게 읽었습니다. '밤중에 四佛山을' 올라서 '우주를 한마당 노래방으로 만들고'는 '호랑이 한 마리를 잡아/짊어지고' 내려오고 있습니다. '그놈의 호랑이 묵직하구나!'라고 소리도 지르고 있습니다. 이 시에서 다시 호랑이는 '익은 시간 속의 전설'로 표상되고 있습니다. '컴컴한 구석에서 소리들을 지르는' 사람들에게 신선한 우주의 노래방을 열어 보여주고 '전설 속의 호랑이를' 메고 내려오는 행위는 '익은 시간'이라는 것과 깊은 상관성을 갖는 것으로 보이는데 어떻습니까. 선생님께서 이 시의 구성 내용에 대해 전언을 해주시면 독자들의 이해를 돕는데 도움이 되겠는데요.

鄭 작가가 자기 시에 대해 설명하는 건 손해 보는 일이겠는데요. (웃음) 그러나 물으시니까 조금 말해보죠. 세상을 어떻게 손해 보지 않고 살 수 있겠습니까. (웃음) 호랑이는 말하자면 전설적인 것, 신화적인 것의 회복과 닿아 있을 텐데, 호랑이는 아시다시피 한국인의 신화적인 에너지, 신령한 기운의 상징 아닙니까, 앞에서 말씀드린 자연의 보폭, 보이지 않는 자연의 영기의 현현, 건강하고 생생한 자연신의 화육…… 그 신화적인

존재를 우리가 어깨에 메고 있는 한 사람인 우리의 심성도 호
랑이다워진다고 할까 호기(虎氣)에 쌓이는 게 아닐까…….

　홍 현재의 산에 올라가서 과거의 전설의 호랑이를 끌어내는
일이 어떤 시적 의미를 지니는가? 하는 흥미있는 논의가 전개
되었습니다. 이 시에 대해서는 앞에서 두 분 선생님께서 지적
하신 내용을 염두에 둘 때, 정 선생님의 감금의 질서 속에서 생
명의 숨통을 열어나가고자 하는 일관된 시적 주제와 결부지어
해석해 볼 수도 있을 것 같습니다. 이 시 속에서 전설 속의 호랑
이를 메고 내려오는 시인의 당당하고 여유있는 모습은 오늘날
급속도로 회전하는 거대한 산업 문명 사회의 회로망 속에 갇혀
서 경황없이 살아가는 우리들의 삶에 숨통을 열어주는 출구의
의미를 지닌다고 생각됩니다. 다시 말해서 오늘날 우리들의 삶
의 거울의 저편에 문득 반사된 이 시의 호랑이는 우리들이 다
시 찾고 회복해야 할 생명력으로 충만한 신화적 질서와 건강성
을 깊이 환기시켜주는 역할을 한다고 생각됩니다.

　鄭 호랑이는 언제나 전설의 후광 속에 있어요. 동물원에 가서
눈으로 보아도 여전히 전설적인 조명을 벗어나지 못합니다. 오
늘과 같이 조급하고 파편화된 시간 속에서, 자기 고유의 삶을
살지 못하고, 자꾸 무기물 쪽으로 흡수되는 것처럼 파편화된

삶을 살고 있는 우리한테 신화적인 시간의 회복은 시가 해야 할 또 하나의 중요한 일이 아닌가 합니다.

홍 오늘 두 분 선생님을 모시고 진행한 좌담은 정 선생님은 생명과 사랑의 진정성을 구현하고 복원하기 위한 생명 소생 제의의 사제라는 확신을 거듭 갖게 하는 과정이었다고 생각됩니다. 지금 '씨앗의 숨소리가' 들리는 박명의 깊은 시간에 백발을 흩날리며 호랑이를 데리고 허허로이 길을 가는 정 선생님의 또다른 모습이 연상되는 것은 막연하게나마 선생님의 시세계에서 드러나는 '생명의 사제'의 이미지와 어떤 연관이 있을 것 같습니다. 앞으로도 계속해서 우리들의 일상에 생의 기쁨과 활력을 불어넣어주시는 풍요로운 시의 숲을 펼쳐 보여주시기를 부탁드립니다. 지금까지 상당히 긴 시간 동안 좌담에 응해주신 두 분 선생님께 깊이 감사드립니다.

(《현대문학》1995년 4월)

자기갱신의 시인 황동규

최동호 선생님, 다시 만나 뵙게 돼서 반갑습니다. 80년대 중반에 〈현대문학 대담〉을 통해 선생님을 처음 뵙고 선생님 시 세계를 점검하면서 저 자신도 많은 공부를 했던 것 같습니다. 그후 22년이 지난 지금, 만나면서도 느끼는 것은 선생님 시가 계속해서 자기 갱신을 거듭하고 있다는 것입니다. 저는 바로 이 점에 주목하고 있습니다. 최근 시를 가지고 이야기하자 할 때 이야기 거리가 없으면 어떡하나 걱정했던 것도 사실인데, 새로운 어떤 것을 느끼며 흥미롭게 선생님 시를 읽었습니다. 2003년 봄 계간문학지들을 통해 왕성한 작품 활동을 하고 계시다는 것을 확인할 수 있는데, 이번에 발표한 시에 관련해 하실 말씀이 있는지요.

황동규 우선 새로운 광맥을 하나 뚫었구나 생각했어요. 내가 일생동안 가지고 있는 기독교적인 삶과 20여 년 전부터 빠져온 '선(禪)'에 대한 생각이 균형을 이뤘다고 생각합니다. 두 세계가 자연스럽게 동시 발생적으로 나타났던 것이죠. 또 하나, 「젊은 날의 결」을 보자면, 과거를 돌아보는 시 아닙니까? 과거를 돌아볼 때 예전에는 과거나 현재의 시각에서 바라봤는데, 이제는 두 가지 모두를 동원해 바라볼 수 있다는 것을 느꼈습니다.

최 제가 좋아한 시는 《문학동네》에 실린 「적막한 새소리」입니다. 이 시에서 불타와 원효와 예수가 만나는 지점이 보이거든요. 사실 이런 동서양 최고 성인들의 만남을 통해 세계를 모색한다는 설정은 상당히 어려운 일 아닙니까. 선생님의 경우는 이것을 '적막한 새소리'를 통해 듣고 있습니다. 새소리의 적막 속에서 만남의 지점을 설정하고 계신 것 아닌가, 이 부분에서 종전까지 선생님이 보여주신 세계에서 한 걸음 더 나간 새로운 세계가 열리는 것 같다, 저는 이렇게 보고 있습니다. 이 세 사람을 한데 만나게 하는 데 특별한 의미가 있습니까.

황 사실은 불타와 예수가 만나는 자리죠. 원효는 내가 원효

만큼 위대한 인간이라는 뜻은 아니지만 아무튼 시적 자아의 하나죠. 그러니까 원효는 내가 변해서 된 존재이고, 주인공은 불타와 예수가 되겠죠.

최 원효라는 인물을 매개로 예수와 붙타를 만나게 하지 않습니까. 선생님을 대리한 원효라는 상징적 인물이 두 위대한 인물을 만나게 하는데.「적막한 새 소리」로 인해서 '마음의 죽음'이라는 용어가 제게는 두드러져 보이거든요. 죽음을 어떻게 맞이할 것인가, 마음의 죽음이라는 말은 육신의 죽음과는 또 다른 어떤 정신의 죽음을 뜻할 텐데요. '진짜 죽음이 무엇인가' 라는 것을 생각하시면서 「적막한 새소리」를 쓰신 것으로 볼 때, 이 시가 머금고 있는 세계는 소리가 닿을 수 있는 아주 먼 지점까지 나아간 세계가 아닌가 생각됩니다.

황 적막을 우리가 자신의 것으로 하지 못하면 마음의 죽음을 맞는 것입니다. 우선, 적막의 입구인 '허무'를 견뎌야 합니다. 피할 수 없는 것입니다. 그런데 그것을 피해간다든가 견디지 못하면 마음이 죽는 것이죠.

최 그러니까 선생님이 말씀하신 경계, 그것이 삶과 죽음의 경계이기도 하고 허무와 삶과의 경계라는 생각도 듭니다. 여기에서 '쑥부쟁이 꽃이 귀신처럼 흔들리면서 스쳐지나가는 하나의 얼굴'이라고 할 때 원효는 그런 것을 매개해 주는 인물이지만 선생님께서 말씀하고자 하시는 실물적인 대상으로서 귀신처럼 흔들리는 쑥부쟁이 꽃은 적막한 새소리가 얼마나 멀리까지 갈 수 있는지를 증언해주는 상징물이라고 보고 있습니다.

황 아주 일리가 있는데요.(웃음)

최 위의 시 구절을 보면 '불빛 하나 새의 숨소리 하나 새지 않는 그 경지이니까' 제가 읽기에는 원효가 혼자 다리를 건너가서 도달한, 그러니까 원효로 매개되는 한국적 시적 감성의 한 극한이 보이지 않느냐 그렇게 느껴지는데, 선생님의 삶을 돌아보며 죽음을 바라보고 시를 생각하는 지점에서 이런 문제들을 어떻게 연결해 볼 수 있을까요.

황 사실 원효는 지난 10여 년 전부터 많이 시적 자아로 써 왔습니다. 미국에 가서 쓴 시에서도 원효가 등장하죠. 예를 들면, 「견딜 수 없는 가벼운 존재들」이 있습니다.

최 쿤데라 소설을 연상시키는 제목의 시가 있었죠.

황 원효가 시적 자아의 일부가 된 것을 보면 그런 면에서 위의 시에 대해 잘 보신 것입니다. 어떻게 보면 원효가 자기 자신을 발견해 나가는 것이죠.

최 지금 말씀하신 것을 보면 과거에는 원효가 선생님 시에 반

걸음쯤 들어와 있다면 이번 시에서는 한 걸음 더 가까이 왔다고 봅니다. 이것이 허무에 빠지지 않으면서 자기 자신을 발견하는 지점이 아니냐, 또 쑥부쟁이 꽃이 귀신처럼 흔들리고 있듯 이 시들이 결국은 동서 어느 쪽에도 빠지지 않고 중심을 잡으려 한다는 것, 또 허무주의에 빠지지 않으면서 삶의 어떤 것을 견디려 한다는 것이고 이는 다른 시인들과 구별되는 점이 아닐까라는 생각이 들어요. 우리 시들을 보면 너무 서구 취향으로 가거나 아니면 너무 동양에 빠져 구태의연한 시들이 양산되는데, 양쪽 모두에 긴장을 만들어 가는 것이 선생님 시의 특징인 것 같습니다.

황 처음 시작할 때 동서양의 융합을 의식한 것이 아니라 나 자신의 시를 쓰다보니 기독교와 불교에 모두 가까이 갔던 제 자신의 삶 속에서 자연스럽게 된 것입니다. 동서양의 융합을 의식했던 것은 아니예요.

최 제가 이 부분을 눈여겨보는 것은 종전과 다르다는 점입니다. 『풍장』이나 『버클리풍의 사랑노래』에서의 죽음이라는 것은 어떻게 보면 선생님의 삶과 호흡 속에 깊이 들어와 있다기보다는 그것에 대해 관찰자적인 모습을 보여주거든요. 그런데 이번 시의 경우는 그것이 육화(肉化)돼 적막한 새소리가 도달하는 극점까지 가지 않았나 보거든요.

　황 사실 그런 부분을 의식을 했던 것은 아닌데, 최 선생님 말씀을 듣고 보니 '아 그렇구나' 하는 생각도 드는데요. 허허. 시가 평가될 때 작가가 의도한 것보다 넘어서는 경우가 많습니다. 자기가 의도한 것에 머물면 거기서 끝날 수도 있죠.

　최 의도의 한계를 뛰어넘고 논리를 뛰어넘을 때 시적인 기쁨이 나오고, 독자들도 그런 것을 볼 때 시인의 상상력에 동감하고 그런 것이겠죠.

　황 비평가들이 그걸 발견해주시는 것이고.

　최 그렇죠. 할 일도 좀 생기고.(웃음) 이번에 발표한 시들은 몇 편의 시들이 연결이 돼서 한편의 시를 이루고 있습니다. 형식적인 면에서 특별하게 느껴지거든요. 선생님은 종전에 극서정시라는 말씀도 하시고, 이번에 소제목의 시들이 엮여서 하나의 또 다른 시가 되는 어떤 종합을 생각하는 것 같기도 하고 이런 것은 형식적으로 변화가 있는 것 같은데요. 어떤 시도로 봐야 할까요.

　황 그전까지 제가 긴 시를 쓸 때는 일련번호를 매겼습니다. 그러면서 유기적인 작품을 만들려 했던 것이죠. 이번에는 조금 더 부분 부분에 독립성을 주려 했던 것이죠. 독립성을 부여하면서 동시에 통합성을 추구하려는 것입니다.

　최 음. 그러니까 예를 들면 「풍장 1」, 「풍장 2」 이렇게 연번호로 나가던 시에서 「적막한 새소리」 안에 5편의 작은 시가 모여 한 편의 시가 되고, 「젊은 날의 결」에서 작은 시편들이 모여 하나의 시가 되는 구성으로 바뀌면 구조적 완결성이 좀더 주어지지 않느냐는 생각이 드는데요. 또, 시의 부피가 커지는 것 같고 볼륨도 두터워지는 것 같은 느낌이 듭니다.

　황 그전의 시는 완전히 마음 속이나 신변에 일어나는 일의 순서대로 시를 썼는데 이제는 꼭 일어난 순서가 아니더라도 유기적일 수 있습니다. 각 부분에 독립성을 부여하면서도 동시에 하나가 되는 것, 이것이 요즘 내 시가 요구하는 거예요. 우리나라 시가 너무 짧다는데 불만입니다. 물론 인생을 한마디로 표현하는 것도 좋지만 가령 베토벤 음악에서 주제만을 연주하면 깊이가 없어지죠. 변주도 하고 주제끼리 싸움도 시키는 그런 요소가 필요한데, 우리나라 시에는 그 맛이 없어요. 그래서 긴 시를 써야겠다고 의도하기도 했습니다. 그러나 시가 길이만 길어지다 보면 단순하게 될 가능성이 크기도 합니다. 그래서 이번에는 부분 부분에 좀더 독립성을 부여하고 큰 틀을 만들어 보려는 것이었죠.

최 종전의 시들은 길거나 연작인데 이러한 것들은 약간은 평면적으로 느껴졌거든요. 그런데 이번의 시들은 하나의 구조물이 되고 볼륨이 있고 입체화되는 느낌을 받았습니다. 특히「적막한 새소리」나「젊은 날의 결」같은 시들이 그런 모습을 보여주는데요. 형식적인 면에서 흥미롭고, 선생님께서 40, 50년간 해오던 시업을 극적으로 구성하는 형태가 아니냐, 다시 말하면 여기에 시간이 들어와서 과거와 현재가 겹쳐지는데 처음 말씀하신 대로 그전에는 시간이 단선적이었다면 지금은 복합적인 시간이 들어오면서 이런 구조가 만들어지는 것 아닌가 하는 생각을 해봅니다. 그런 근거가 되는 것이「젊은 날의 결」같은 경우, 옛날 회현동 시절부터 시작해서 계속 50년대가 회상되고 60년대가 회상되면서, 이것이 과거이지만 현재의 이야기처럼 느껴지게 구성을 하셨거든요.

황 그렇습니다. 옛날에는 일이 일어난 순서대로 배열했는데 이제는 꼭 일어난 순서대로도 아닙니다.

최 그러니까 극서정시보다 이런 것들이 한 단계 더 진전된 '극적 구성의 서정시'라고 할까요. 그 속에 변주가 있고 갈등이 있고, 시간이 엇바뀌지만 전체로 놓고 보면 하나의 입체감을 갖는 구성이 이번 시의 특징이죠. 예를 들면 다른 시인들의 경우는 주로 서정시에서 서정시로, 주제나 소재가 바뀌는 변화인데, 선생님의 변화는 형식적인 변화이면서 시간에 대한 인식의 변화까지 보여주는 것이 아닌가 생각됩니다. 새소리가 보여주는 적막한 곳까지 갔을 때 그렇기도 하고요. 이것을 연결해주는 하나의 고리로서 「젊음의 결」 맨 마지막에 '황금빛 어둠'이라는 것을 들고 싶습니다. 60년대 4·19 혁명과 친구들과 죽은 사람들 얘기가 나오다 마지막에는 '별이 새로 돋기 시작'하고 '황금빛 어둠'의 바탕이 보입니다. 그때는 상당히 암울하고 부정적이고 고통스러웠지만, 그 어둠 속에서 빛을 찾는 마음이 있었던 것이 아니냐 이렇게 봅니다. 당시에 정말 이런 것을 다 의식했는지는 알 수 없지만, 회상을 통해 거슬러 올라가면 이것이 황금빛 어둠으로 인식되는 것, 이런 것들이 시간 구성에서 재미 있게 보여지는 것들입니다.

황 맞습니다. 그 당시에 느꼈다기보다는 지금 과거를 봤을 때 황금빛으로 보인다는 거죠.

최 어둠은 어둠인데 황금빛으로 인식하는 것은 지금 이 시간이 과거를 뚫고 들어가서 그 과거 속에서 입체화된 사건들을 보는 인식인 것으로 보여집니다. 최근의 심정변화를 보여주는 흥미로운 것이 '황금빛 어둠'에서 '적막한 새소리'로 이어지는 이 세계, 이것이 선생님 최근 시의 중심 축입니다. 또 제가 재미있게 보는 시가 바로 《동서문학》 봄호에 실린 「권진규의 테라코타」입니다. 여기서도 과거 얘기가 나옵니다. 저도 「권진규의 테라코타」를 인상적으로 본 적이 있거든요….

황 예, 지금 고대 박물관에 가장 좋은 것 하나가 있습니다.(웃음)

최 거기서 무언가 해체되면서 조립되고 뼈가 보이지 않습니까? 그러면서 두상이 하나 불쑥 솟아오르는 돌출감의 이미지가 상당히 독특하다고 생각했습니다. 어떤 생각으로 쓰셨는지 궁금합니다.

황 어떻게 보면 한 예술가의 삶인데요, 예술가 권진규는 자신의 두상에 목을 매게 돼요. 이것은 예술가로서 자신이 만든 환희와 예술가로서의 비극성이 결합된 것이죠.

최 「권진규의 테라코타」에서 선생님의 시각은 눈을 밖으로 뜨고 안을 보는 '양겹 시각'입니다. 그러면서 던지는 질문은 인간 속에 심지가 있느냐, 상처가 있느냐, 인간이란 뭐냐, 이런 질문인 것 같습니다. 이것은 아까 말씀하신 허무주의와 묘하게 어딘가 경계선이 접합되는 부분입니다. 인간이 도달하는 예술적인 것과 삶과 죽음의 경계선에서 목이 불쑥 솟아오르는 이미지같이 느껴지는데, 결국 선생님께서 지금까지 써오신 시들의 핵심이 인간이 무엇이냐, 인간의 삶이란 뭐냐 는 질문이 아닌가 하는 생각이 듭니다.

　황 인간이 무엇이냐는 질문은 많이 했고 약간의 답은 있지만, 대개 예술은 대답보다는 질문이 우선입니다. 나름대로 인간이 고난을 파고들다 보면 대부분 허무주의와 만날 수밖에 없어요. 그것을 견디는 것이 바로 인간의 심지가 아니겠느냐 생각합니다. 거기서 우리가 물어볼 수 있는 것은, 가진 것이 심지냐 상처냐의 문제입니다. 저는 심지라고 보죠.

　최 선생님의 시 「권진규의 테라코타」에 끈이 있지 않습니까. 이 끈이 권진규를 죽이기도 했지만 선생님이 가지고 있는 그 끈. 마음의 죽음이나 인간의 삶이 뭐냐 할 때 어떤 끈이 보이거든요. 「적막한 새소리」에서 끝에 가는 것도 그 끈이 있기 때문에 되돌아올 수 있고 또 더 나아갈 수 있지 않나 생각합니다. 만약에 그 끈을 놓아버리면 죽음으로 가거나 허무주의로 가는 것 아닌가라는 생각을 합니다.

　황 권진규의 작품을 보면 죽음을 각오하고 넘어선 부분이 보이는데, 이것이 권진규를 권진규로 만드는 거죠. 끈이 두 가지로 해석되는데, 그가 목을 맨 끈은 동시에 길을 갈 수 있게 하는

연계이자 힘입니다. 권진규가 목숨을 포기한 것은 결국 허무에서 오는 것이지만.

최 제가 느끼기에는 권진규 같은 경우는 너무 위험한 모험을 감행 했죠. 극단적으로 죽음으로까지 자기를 던져버림으로써 끈과 두상을 보여준 것이고 선생님은 그 일보직전까지 그 아슬아슬한 경계를 지키면서 삶과 허무의 경계지점에서 '쑥부쟁이' 같은 것을 보신 것이고. 동시에 황금 빛 어둠같은 것을 보시면서 유년시절이 시간 속에서 구조화되는 것이고. 이런 점에서 선생님 시의 볼륨이 종전에 쓰시던 서정시에 비해 달라지지 않았나 생각합니다.

황 큰 변화라는 생각은 안 해봤습니다. 큰 변화는 아니지만 큰 변화라고 하시면 동의할 수밖에 없죠.(웃음)

최 이런 소제목으로 된 시구들이 결국은 선생님의 생각과 더불어 쓰여진 것 아닙니까? 선생님의 내면에서 이러한 형식을 요구하고 있다, 이런 요구가 선생님을 끌어당기면서 결국 예수와 석가가 만날 수 있는 힘이 생기지 않았느냐는 생각을 해봅니다. 이 부분에서 끈과의 긴장, 삶의 긴장이 있다면 선생님은 우리 시의 최전방에 서 계신다고 봅니다. 요즘 대부분의 시가 가볍고 상투화된 패턴에 의해 쓰여지는 것을 감안하면 선생님께서도 권진규만큼은 아니지만 위험한 모험을 감행하시는 것 아닙니까?

황 이 시들을 쓸 때는 전력투구한 거예요. 이 속에는 권진규가 목숨을 포기한 것도 포함되지요. 물론 권진규가 예술적인 이유만으로 자살하지는 않았겠죠? 다른 개인적인 문제도 있겠지만 여하튼 전력투구란 말 속에는 예술가의 죽음까지 포함되는 겁니다.

최 얼마 전에 귀 때문에 큰 수술도 하셨는데, 그런 사실을 구태여 되살릴 필요는 없겠지만, 제 느낌으로는 거의 죽음의 문턱까지 갔다 돌아오신 것 같은 부분이 느껴지는데요. 예를 들면 마취에서 깨어날 때 소리가 상당히 아득한 곳에서 나오지 않습니까? 그 순간 사람들은 대부분 무언가 포기해버리는데 선생님은 포기하지 않고 견뎌내고 떠오르는 것들을 입체화시킨 것이라고 생각하고는 참 반갑게 느껴졌습니다. 선생님께서 보시는 요즘 사회문화적인 현상과 더불어 우리 시의 앞날이랄까, 선생님께서 생각하시는 시의 미래를 말씀해 주시면 어떨까요?

황 우선 이번에 발표된 시의 세계를 더 밀고 나가야죠. 저는 새로 개척한 면이 있는 이번 시의 형식을 유지하려고 합니다. 또 한 가지는 우리나라가 시가 살아 있는 나라인데, 시가 사는 장을 마련해주기 위해서는 가볍고 짧은 것에 머물러서는 안 된다고 생각해요. 전신을 던지기에 짧고 가벼운 시는 약해요. 전신을 던질 수가 없죠. 그러니까 하나의 예로 전신을 던질 수 있는 장을 하나 마련해 보겠다는 생각입니다. 나를 위해서도 그렇고 다른 시인을 위해서도 그래야죠.

.**최** 이번 시의 또 하나의 특징은 시의 수사가 아름답다기보다는, 평범해 보이는 진술이지만 그곳에서 긴장과 밀도가 느껴진다는 것이거든요. 표현장식을 많이 하고 달콤하고 안이하고 편안한 쪽으로 흘러가는 시대에 전신을 던지는 작업은 다른 사람들이 보기에 위험해 보이고 어리석어 보일 텐데요. 이런 작업을 계속하다보면 소위 말하는 인기시인은 되기 어려울 것 같은데요.(웃음)

황 인기 시인이 되어보려고 노력한 적은 없지만 독자는 충분히 있을 거라고 생각합니다. 왜냐하면 시인의 전력투구를 인정하고 이를 삶의 한 태도로 받아들이는 독자들이 있기 때문입니다. 최근 젊은 시인들이 감각이나 생각에 점을 찍으려고 하는데, 감각이나 생각에 덩어리를 채워야 한다고 생각합니다. 그렇게 되기 위해서는 바로 찍는 것이 아니라 좀더 입체적으로 쌓아올려야 하겠죠. 바로 이점이 내가 시를 쓰는 한까지 해야 할 일이라고 봐요.

　최 선생님께서 정말 해야 할 일이 바야흐로 여기서부터 열리지 않는가라는 생각을 합니다. 독자들이 많이 알고 있는 「즐거운 편지」와 같은 초기 시 세계도 좋지만 「풍장」 이후 그리고 지금의 시에 독자들이 관심을 가져줄 때 우리 시가 좀더 깊이와 내면성을 갖게 되겠지요. 가볍고 경쾌한 시들의 유행 속에서도 나름대로 자기가 추구하는 세계에 깊이 나아갈 때 시인 자신의 심화에 도움이 될 것이고, 사람들의 평가도 뒤따라오는 것이 아닌가 생각합니다.

　황 동의합니다. 이 형식이 천착이 되면 한두 번 더 바꾸고 싶은 욕심이 있습니다.(웃음)

　최 젊어지고 싶은 의욕 때문에 그런 것 아닌가요.(웃음)

　황 젊어지고 싶다는 표현도 할 수 있겠지만 예술가가 천착하다보면 싫증을 내는 것이 예술가의 특성이거든요. 시간과 힘이 주어지면 또 한두 번의 시도를 해봤으면 해요. 당분간은 지금의 세계에 진력해야 하겠지만요.

　최 선생님께서 그런 에너지를 가지고 한번 더 변신을 하신다면 좋겠지만, 제가 걱정하는 것은 보통의 경우 시인들이 너무 빨리 싫증을 내는 게 아닌가 합니다. 자기가 추구하는 테마를 가지고 지속적으로 밀고 나가는 시인과 그렇지 않은 시인과는 차이가 나겠죠. 선생님의 경우는 외적인 변신은 거듭됐지만 선생님이 추구하는 어떤 일관된 세계가 있었던 것이 아닌가 하는 생각이 듭니다.

황 좀 전에 최 선생님이 극서정시를 넘어섰다고 말씀하셨는데, 제 시에는 사실 극서정시가 녹아 있죠. 바꾼다고 해서 과거의 정체성을 다 버리는 것이 아니고 과거의 정체성도 함께 녹아 있는 것입니다.

최 저는 이런 말로 표현해보고 싶은데요. 만약 현재가 과거와 더불어 있는 것이고 과거 속에 녹아서 새로운 것이 나온다면, 그런 것을 통해 우리 전통이 축적되는 것이 아니냐. 특히 선생님이 등단하신 1950년대 후반은 전통 단절이나 부재를 논하던 시절 아닙니까? 미국의 문화가 밀려들어오고, 여기서 무언가 풀줄기 하나라도 잡아야 한다고 생각하는 시절을 지나면서 의식의 전환이 왔다고 보입니다. 그런 자기 축적이 있을 때 다른 시인들과 구별되는 것 아닌가요.

황 그렇겠죠. 각자 자기의 길이 있겠지만, 시대가 받아들이지 않고 자기가 가는 길이 짐으로 느껴질 수도 있습니다. 그런데 짐이라는 것도 아무에게나 주어지는 것이 아니거든요. 짐 자체가 고통스럽지만 환희도 될 수 있습니다. 이런 생각을 하는 시인들은 나만이 아니라 여럿 있었죠. 이런 사람들이 결국은 한 사회, 민족, 문화의 핵을 이루게 되죠.

최 시인들은 그 민족어에 헌신하는 존재라는 오래된 명언이 있지 않습니까? 세계화 시대, 인터넷 시대에 시인이 모국어를 가지고 자기를 심화하는 과정을 볼 때, 이러한 언어의 문제는 어떻게 보고 계십니까?

황 옛날 라틴어가 유럽을 휩쓸었을 때도 단테는 이탈리아어를 사용했습니다. 저는 하나의 인간으로 어머니, 아버지에게서 받은 모국어가 세계어로 간단히 해결될 문제라고 보지 않습니다. 시인은 모국어의 단어 한두 개에 기여하는 것이 아니라 다양한 의미에서 모국어를 윤택하게 만듭니다.

최 최근 프랑스에서는 국민들의 창의성 개발을 위해 언어 교육, 특히 시교육을 강조한다고 합니다. 다시 말해 고부가 가치를 생산하기 위해서는 시적 발상이 중요하다는 말일 텐데요. 이런 점에서 시적 창의성과 관련한 말씀을 듣고 싶습니다.

황 인간에게서 창의성을 제거한다면 인간이 될 수 없죠. 물론 인간의 창의성은 파괴적이기도 합니다. 이 파괴적인 힘을 인간이 감당할 수 있어야 합니다. 창의성은 창의성이 아닌 것을 파괴해야만 존재할 수 있기 때문에 그렇습니다. 심하게는 피해를 주기도 하죠. 시인들은 이 힘에 관심을 가져야 합니다. 파괴적이지 않은 것은 창의성이 아니지만, 모두 파괴적이라면 허무주의에 빠질 수 있습니다.

최 선생님께서 하신 말씀을 바탕으로 오늘 대담을 정리하자면 '시라는 것은 인간을 인간이게 하는 것이다.' 이런 식으로 정리하면 어떨까요.

황 철학이나 음악 등 인간을 인간이게 하는 것이 많지만 시가 가장 특징적인 것이죠. 어떻게 보면 좋은 의미든 나쁜 의미든 가장 앞서 있다는 것이죠.

최 제가 인간의 문제에 관심을 갖는 이유는 『버클리풍의 사랑노래』 시집 뒤편에 보면 "IMF이후 인간의 온갖 잡스러운 것이 수면으로 떠올랐다. 그 잡스러운 것들도 인간의 것으로 껴안고 살고 싶다"고 말씀하셨는데, 이 '인간적인 것'이라는 것이 말씀하신 대로 긍정적인 것도 있고, 부정적인 것도 있고, 파괴적인 것도 있고 창조적인 것도 있는데 그러나 '인간적인 것이 과연 무엇이냐'라고 물었을 때 오늘 이야기의 처음으로 되돌아 가서 적막한 새소리의 끝에 갈 수 있는 것이 인간이고 그것이 인간임을 보여주는 징표가 아닌가 이런 생각도 해보게 됩니다.

황 인간을 인간으로 있게 만드는 것이 많겠지만, 그 하나는 인간은 꿈이 있는 존재라는 사실입니다. 현대 인간의 가장 무서운 악몽은 꿈이 없는 꿈입니다. 꿈이 없는 시인은 파괴적이거나 반복만을 하게 됩니다. '살아 있는' 시인들은 이런 사실을 자꾸 노래하고 구체적인 삶을 통해 보여줘야 합니다.

　　※ 대담이 끝날 즈음, 황동규 교수는 최동호 교수에게 "최 교수는 시인이나 소설가보다 한 발짝 앞서 작품과 작가를 바라볼 수 있는 좋은 비평가"라며 "그래서 어떻게 보면 좋고 또 어떤 점에서는 조금 불편하다"라고 말해 웃음을 자아내기도 했다. 대담 내내, 최동호 교수의 생각에 '동의한다' 는 말과 웃음으로 답한 황동규 교수. "언제나 살아 있는 정신으로 시 세계의 최전방에서 작품활동을 벌이는 작가"라는 최동호 교수의 평처럼 그의 시론(詩論)은 삶과 죽음의 경계를 서성이는 그의 작품과 깊게 패인 주름살 그리고 후덕한 미소에 다 쓰여 있는 듯했다.　　　　─ 편집자

《고대신문》 2002년 4월 1일)

21세기의 시와 삶과 문화와 전통

대담 : 최동호, 이도흠

현대문화적 흐름과 현대시의 경향

이 안녕하세요? 창작과 평론, 이론의 모든 면에서 일가를 이룬 분을 만나 뵙게 되어서 영광입니다.

최 반갑습니다.

이 아무래도 요즈음 상황에서부터 이야기를 풀어나가야 될 것 같습니다. 『삼국유사』를 보면 향가가 천지귀신도 감동시켰다고 했습니다. 「혜성가」처럼 하늘의 질서도 바꾸고 「우적가」처럼 도적떼들도 감동시킨 것이 향가입니다. 그런데 현대시에 와서는 그런 감동들이 사라지고 소비 또는 욕망을 추구하거나 시정신이나 진정성을 부정하는 경향이 나타나고 있습니다. 요즈음의 현대사회가 욕망과 소비를 과도하게 추구하고 타자에 대한 폭력과 파괴를 일삼고 있기에 시만이라도 이에 맞서서 시심(詩心)을 일으켜야 하는데 정반대로 오히려 욕망과 소비를 추구하고 의미나 진정성을 방기하는 경향을 보여주고 있습니다. 선생님께서도 이런 시 경향에 대해 깊은 통찰도 하셨고 질타도 하셨습니다. 그런 현대시의 경향을 현대문화적인 흐름과 맞추어서 말씀해 주시는 것으로 말문을 열죠.

　최 어떻게 보면 시라는 것은 좋은 의미에서든 나쁜 의미에서든, 인간을 인간이게 만들어주는 것이죠. 그 인간이라는 것은 욕망이 가득 찬 악마적인 존재일 수도 있고 지고한 것을 추구하는 고상한 세계에 대한 동경을 가지고 있는 존재이기도 한데, 문제는 이 양 극단으로 나가면 인류사회가 존재할 수 없게 된다는 것이죠. 그것을 중심 잡아 주는 역할, 그러니까 욕망이 과도하게 되면 그 욕망으로부터 깨우쳐 주는 역할, 또 너무 신성한 것에 가까이 가면 일상적인 가치의 중요함을 깨우쳐 주는 역할, 이런 역할들을 하는 것이 시라고 봅니다. 조금 전에 말씀하신 것과 관련시켜 보면 소위 포스트모던 시대, 해체시대의 시 그 극단에서, "이제 시조차도 소비되는 상품이다. 일회용 반창고 같은 것이다. 휴지조각 같은 것이다" 이런 식의 사고가 나오겠죠? 제가 볼 때는 그런 유형의 시들이 결국은 물신화된 상업주의 사회에 편승하는 시들이죠. 그것을 통해서 이름도 얻고, 스스로도 소비되고 상상력도 소모시키고 있죠. 저는 물론 시가 그러한 기능을 일부 가지고 있다고 보고, 또 그런 것을 지향하는 시인들의 존재를 인정하고는 있습니다. 하지만, 시가 나아가야 할 정도랄까 어떤 큰 길이 있다면, 악마적인 것과 지고한 것 사이에 중심을 잡아주면서 인간을 인간이게 만들어주는 것이 시의 길이라고 봅니다. 최근의 사회적 동향들을 보면 인간이 인간적인 가치가 아니라 물신에 의해 지배되고 있죠. 인간이 기계에 의해서 지배되는 사회, 인간이 기계를 만들었지만 기계에 의해 조종되는 사회의 모습도 보이고 있습니다. 극단적으로 컴퓨터 같은 것을 보면 컴퓨터 프로그램이 스스로 증식을 해서 자기 복제를 하는 단계까지 가면, 인간이 컴퓨터를 이용하는 것이 아니라 인간이 컴퓨터의 노예가 되죠. 이런 위기 상황에서 인간을 지켜내느냐 마느냐 하는 것은 제가 보기에는 시가 제 할 일을 하느냐 못하느냐 하는 것과 관계가 있습니다. 그러나 불행하게도 시가 우리 시대의 중심에 있는 것이 아니라 시가 점점 변방으로 밀려나는, 사회적 · 문화적 · 경제적 힘에 의해 밀려나는 것 같은 위기의식이 지금 우리가 겪고 있는, 또 목도하고 있는 현실입니다. 그래서 제가 볼 때는 시가 부정되고 있지만 오히려 시가 더 필요한, 아니라면 시적인 것이 더 필요한 시대가 21세기가 아닌가 합니다. 여기서 시적이라는 것은 인간이 자기 각성을 한다는 뜻이거든요. 자기를 의식하고 자기라는 존재에 대해 성찰할 수 있다고 할 수 있을 때 시적이라 말할 수 있습니다. 그 명제를 하이데거 식으로 말하면, "이제는 신이 인간을 구원할 수 없다. 인간이 신을 구원해야 한다."이죠. 인간이 신을 부정하고 자기 스스로를 부정하고 나면 막다른 길밖에 남지 않게 되죠. 그런 것에 대한 완충작용, 그런 것에 대한 생명력의 부여, 또는 삶 자체의 의미 부여 같은 것을 시적인 것 또는 다른 문화 예술적인 것이 감당할 수 있을 때, 인간은 존엄한 존재인 인간으로서의 자신의 삶을 이 지상에서 영위할 수 있을 것이라 봅니다. 어떤 의미에서는 상당히 위기 의식에 가득 차 있고, 어떤 의미에서는 그런 것을 희망하고 문학을 지향하기 때문에 희망의 이야기일 수 있다고 말씀드릴 수 있겠습니다.

우리 시의 전통과 현대시의 방향성

이 그래서 선생님께서 무의미한 해체시나 소비나 물신을 추구하는 시의 경향에 대해서 비판을 하시고, 정신주의 시, 정신주의 미학의 시를 대안으로 내세우신 것으로 알고 있습니다. 그래서 역사지평의 확대를 모색한다든지, 정적 시학을 부정하고 동적 시학을 지향하여 보수적 고착성을 타파한다든지, 세속주의를 거부하면서 현실의 현실성에 대해 각성을 촉구한다든지, 한국적 신성함의 추구와 더불어 인간존재의 고귀성을 고양한다든지 하는 것을 정신주의 시의 네 가지 토대로 제시해 주셨습니다. 그러면 거기에 대해서 선생님께서 말씀하신 네 가지와 더불어 지금의 시가 가야 할 어떤 방향이라든지 기존의 전통과 현재의 접맥 문제라든지 그런 문제에 대해서 한번 말씀해 주시죠.

최 저는 이제 전통에 대한 천착, 또는 전통으로부터 우러나오는 것이 아니라면, 전부 그냥 지나쳐 가버리는 일과성의 유행에 불과한 것이라 봅니다. 그런데 우리나라의 문화, 역사적 흐름을 보면, 조지훈 선생의 『한국문화사서설』에도 나오는 것이지만, 우리나라는 대륙적인 것과 해양적인 것이 공존하는 나라입니다. 아주 낭만적이고 역동적이고 변화에 신명이 나는 것이 해양적인 것이라고 할 수 있다면, 상당히 전통 지향적이고 웅혼하고 보수적인 대륙적인 풍모도 가지고 있습니다. 20세기에 들어서서 전통이 단절되었다고 말하는 사람이 일부 있는데 그 사람의 시각은 우리 내부의 시각에서 우리를 보는 것이 아니라, 밖의 시각에서 남의 눈을 빌려 우리를 보는 것입니다. 전통이라는 것은 누가 단절시킬 수 있는 것도, 단절될 수 있는 것도 아닙니다. 만약에 전통이 단절되었다고 한다면, 그것은 역사나 문화 자체가 없어져야만 가능한 것이고. 전통이 지속되어 온다면, 때로는 그것이 표층에 올라왔을 때도 있고 가라앉아 있을 때도 있지 않습니까? 우리는 그것을 전통의 지속이라고 보아야 합니다. 20세기 한국의 역사를 보면, 전반부는 식민지화되어 있고, 전통의 부정론이 완강하던 그런 시기였고, 그것을 받아들이는 일부 지식인이나 선각자들도 있었습니다. 그러나 20세기 후반의 역사를 보면 식민지적인 굴레와 이데올로기적인 대립 속에서도 한국이라는 조그만 나라가, 그것도 분단되어 있는 나라가 세계 10위권의 경제대국이 되었고, 어떤 분야에서는 세계 최첨단의 전자 산업을 가지고 있는 국가가 되지 않았습니까? 그것은 전통의 지속성에서 우러나온 힘에 의한 것이지, 밖에서 빌어 온 힘만으로 가능한 것은 아니었습니다. 그런 점에서 우리 전통에 대한 새로운 해석이 필요한 것이죠. 제가 지난 몇 년 동안 정조와 대화하고 문답한 정다산의 『시경 강의』를 읽었어요. 지금도 강독을 하고 있거든요. 그것을 보면서 느낀 것은 세계 역사상 어떤 나라에서 그 나라의 최고 통치자가 그 나라 최고의 학자와 그 문화권의 최고의 경전인 『시경』에 대해서 그렇게 치밀하게 오랫동안 논의할 수 있었을까 하는 것입니다. 이것은 놀라운 일입니다. 왜냐하면 두 분이 문답한 내용을 보면 제가 대학 다니고 대학원 다니면서 공부한 서양의 역사주의 비평 방법이라든가 신비평이라든가 하는 여러 가지 다양한 문학 연구 방법들이 적용되고 있습니다.

이 저도 거기에 공감합니다.

최 저는 서양식 논법으로 전근대, 근대, 포스트모던, 이런 구분 자체에 동의하지 않는다는 것이죠. 근대화라는 말을 내세우고 나면, 서양의 삼단 논법이 있지 않습니까, 고대, 중세, 근대의 도식에 들어갈 수밖에 없어요. 그렇게 우리 문화 역사를 보면 안 되지요. 그렇게 되면 단절이라는 선이 그어집니다. 그런데 왜 우리 스스로가 그런 것의 속박을 받느냐 이것이죠.

　오늘날 우리의 문화 현상 중에는 근대 미달 현상이 사회 일부분 남아 있어요. 그러나 이것은 초과현상과 동시 공존하는 것이고, 그러면서 한 사회의 추동력이 앞으로 나가고 있는 것이지, 미달현상 측면에서 봐서 부정적인 것, 뒤떨어진 것을 자꾸 강조하면 우리 사회 발전에 무슨 도움이 되겠습니까? 이것이 제가 역사를 보는 기본적인 시각이고, 그런 시각에서 문화를 보아야 되지 않겠는가 하는 생각입니다. 또 20세기 전반기는 일본의 식민지, 20세기 후반기는 유럽이나 미국의 이데올로기에의 예속, 이렇게만 보아서는 우리 역사의 역동성을 보지 못한다고 생각합니다. 지금까지 약 100년이 시련과 혼란기였다고 하지만, 우리는 그 이전에 5천 년의 역사를 가지고 있잖아요. 그 속에서 최근의 몇 십 년, 또 100년을 가지고 우리 역사 전체를 재단한다는 것은 상당히 성급한 얘기입니다. 물론 20세기 전반기를 십 년 단위, 일 년 단위로 볼 때에는 상당히 짧으니까 그렇게 볼 수도 있었겠죠. 그러나 100년 단위, 더 나아가 1,000년 단위로 역사를 볼 때의 감각을 가지고 현재를 통찰해야만 제대로 깊이 있게 현상을 분석하고 대안을 제시할 수 있는 힘이 생기지 않을까 생각합니다. 그렇지 않으면 우리는 계속 남의 것을 빌려다가, '서양의 누군가가 이렇게 보니까 우리도 이렇다'라고, 맞는 것은 과대포장하고 안 맞는 것은 내버리는, 그래서 우리 역사의 역동성을 이야기하지 못하고 주기적으로 서양의 유행을 추수하는 경향을 보이겠죠. 물론 그런 것들이 일시적으로 매스컴이나 신문지상의 각광을 받을 수는 있을 것입니다. 그렇지만 잠시 지나고 나면 참 허무한 것이죠. 90년대 초반의 포스트모더니즘 논쟁이라는 것, 그것이 딱 10년을 지나고 나니까 참 물거품 같다는 생각이 들어요. 80년대 초반의 민중시도 유사합니다. 시의 민중성, 유격성을 얘기하던 시절도 과연 그 과격성을 전투적으로 내세운 시 중에 20년 후 우리들이 읽어보고 공감할 수 있는 시들이 몇 편이나 됩니까? 우리의 역사를 좀더 길게 보는 눈이 오늘의 시점에서 필요하다고 봅니다. 그런 시각에서 전통의식을 가질 때 우리는 다른 나라나 문화에 대한 열등감이나 예속성에서 벗어날 것이고, 그런 전통의식이 있을 때 소위 한국적인 독자성이 성립될 수 있지 않겠는가 생각합니다. 그것이 저의 희망이고 그런 방향이 올바른 방향이 아닐까 생각합니다.

이 선생님께서 예전에 김수영의 시를 평한 것 중에 저도 굉장히 공감하고 무릎을 탁 쳤던 부분이 김수영의 시에서는 『논어』 「안연」 편의 "군자의 덕은 바람이라 하겠고 소인의 덕은 풀이라 하겠습니다. 풀은 위로 바람이 지나가면 반드시 눕습니다."를 인용하며 양자가 상호 텍스트성을 갖는다는, 곧 서로 차이가 있지만 유가 전통이 무의식 중에 드러난 것이라고 평하셨습니다. 아주 외람되고 천박한 비유가 될지는 모르지만, 저는 원효의 화쟁철학이 원효만의 사유가 아니라고 봅니다. 우리가 뜨거운 것을 먹으면서 "시원하다"고 말하고, 오르가즘이나 기분이 아주 좋을 때 등 삶의 최고의 정점에 이르렀을 때 "죽인다"라고 표현합니다. 뜨거움과 시원함을 아우르는 '뜨거운 시원함' 이, 또 삶과 죽음이 이항대립적인 것이 아니라 '죽이는 삶' 이 최고의 삶이었기 때문이죠. 이처럼 우리는 양자를 하나로 아우르려는 습성을 지금도 가지고 있습니다. 김수영의 가장 모던적인 시에도 유가적인 전통이 나타나듯이, 우리 전통이 단순히 겉으로, 의식적으로 투영되는 것이 아니라 집단 무의식적으로 투영되기도 합니다. 그런 면에서도 이제는 서구적인 패러다임을 떠나서 봐야 한다고 생각합니다. 그럴 때 전통과 현대를 종합해야 한다는 당위가 지금의 21세기에는 어떤 방향으로 어떤 시정신으로 나타나야 하는지에 대해 전망해 주시죠..

　최 김수영을 예로 들었는데, 저는 김수영에 대해서 사람들이 자꾸만 반전통주의라고 말하고, 김수영을 서양적인 시각에서 얘기하는 경향에 반대합니다. 서구적인 모더니즘 또는 모더니즘의 아류적인 추종에서 벗어나 누구보다 남다르게 전통을 각성하고 그 거대한 뿌리를 인식하는 순간 김수영은 새롭게 탄생한 것이며, 그것이 김수영을 김수영일 수 있도록 만든 힘이라고 생각합니다. 그 전에 부정하려고 하던 것을 긍정하는 순간, 김수영은 김수영으로 문학적 의미를 갖게 되었다는 것입니다. 거슬러 올라가면 정지용의 경우에도 초기엔 상당히 서구적이며 감각적인 시풍을 보여 줍니다. 또 사람들이 모두 그러한 지용의 시를 새로운 시라고 하고 한국 현대시에 새로운 큰 획을 그은 시인이라고 평가합니다. 그런데, 저는 후반기에 나온 『백록담』이라는 시집이 있기 때문에 정지용이 문학사적 비중을 더 크게 갖는 시인이 되었다고 생각합니다.

　이 예, 그렇군요.

　최 정지용의 초기의 감각적인 시 중에서 역사적이며 문학적인 의미 비중을 갖는 시도 있지만, 역시 정지용의 문학사적 비중은 전통에 대한 탐구를 통해서 동양적인 우리의 정신세계 깊이까지 본인이 천착해들어 갔었기 때문에 의미를 갖는 것입니다. 한국의 대표적인 시인인 정지용과 김수영이 그러했는데, 앞으로 시인들이 어떤 방향으로 갈 것인가, 또는 무엇을 추구해야 될 것인가 할 때 그 방향은 분명하다고 봅니다. 그렇다고 하더라도 서구적인 것을 읽지 말자라든가 그런 얘기는 아닙니다. 조지훈 같은 전통적인 시인의 경우에도 그러지 않았습니까? 초기에는 보들레르라든가 서구의 악마주의 영향을 받았죠. 또 심지어 서정주조차도 보들레르를 읽었고 『악의 꽃』 시집이 지금도 그 댁에 있다는 것 아닙니까? 그러니까 젊은 시절에 다 서구적인 취향과 동경과 열망을 가지고 있었지만, 서구 취향적이고 외래지향적인 것이 전통적인 것과 충돌하면서 자기적인 개성을 나타낼 때 그분들이 진정한 시인으로 거듭나게 되었고, 문학사적인 의미를 갖는 시인이 되었다는 말입니다.

이 저도 원효의 화쟁사상과 탈현대철학을 비교해보고 놀란 것이 원효에게 이미 들뢰즈도 있고 푸코도 있고 데리다도 있다는 것입니다. 아까 다산에 대해 말씀하셨지만, 다산의 시론에 사르트르의 참여문학론도 있고 표현주의적인 전통도 있고 마르크스적인 미학도 있고 현상학적인 비평도 있고 다 있지 않습니까? 그런 식으로 전통이라는 것, 또는 전통을 바탕으로 한 고전이 미래를 탐구할 수 있는 지혜를 담고 있기에, 우리들이 이렇게 지표를 잃고 방향을 상실했을 때일수록 전통과 고전 속에서 방향을 찾는 것이 필요할 것 같습니다. 그리고 제가 예전에 경주의 선도산을 올라갔는데, 거기의 삼존불 중에 아미타불만 발을 땅에 딛고 있었습니다. 그러한 예가 남산의 불상 중에서도 많이 나타납니다. 그러니까 미래 정토를 지향하는 아미타불이 발을 땅에다 굳건히 딛고 있는 것이죠. 이처럼 향가가 지금에도 감동을 줄 수 있는 것이 구체적인 현실에 발을 디디면서도 성스런 세계를 지향했다는 점에 있다고 봅니다. 그런 면에서 선생님께서도 시라는 것이 구체적인 현실에 바탕을 해야 한다, 그래야 진정성을 가질 수 있고 감동을 줄 수 있다고 말씀하셨습니다. 그런데, 전통과 현대의 조화와 함께, 시정신이나 앞으로 나아가야 할 시의 방향도 중요하다고 하셨는데, 그 부분에 대해서도 말씀을 좀 해주십시오.

현실에 바탕한 시정신, 인터넷 환경

최 제가 정말 골똘히 읽어보는 것들은 향가도 있고 고려가요도 있고 선사들의 게송도 있지만, 뭐라고 할까요, 최근에는 그런 생각이 드는데요, 내 자신의 내면의 소리에 한 번 귀를 기울여 보려는 것 말입니다. 그것은 조금 전에 말한 역사의식이나 문화와 관련된 것으로 우리 조상들이 물려준 문화나 역사 속에 있는 소리, 그리고 거기에서 들려나오는 소리가 무엇일까 귀 기울이는 일입니다. 지금은 외부 소음으로 가득 차 밖에서 들려오는 소리만 크게 들려오는 그런 시대죠. 이제 내 마음 속에서 우러나오는 소리를 들어야 한다고 봅니다. 시가도 표면만 볼 것이 아니라, 그리고 아까도 말씀하셨지만 향가도 문자만 볼 것이 아니라 문자 배후에 있는, 또는 『삼국유사』의 설화 속에 있는 어떤 맥락과 연관지어서 읽는다면 훨씬 생동감 있게 읽을 수 있을 것이라는 생각이 듭니다. 그것을 제대로 읽는다는 것은 바꾸어 말하면 우리의 현실을 제대로 읽는다는 것입니다. 그렇게 생각해서 그런 것에 깊이 귀 기울여서 그것을 표현해낼 줄 아는 사람이 이 시대와 호흡하는 시를 쓰겠죠. 그런 힘을 기르는 것이 필요한데, 지금은 그런 힘을 기르기보다는 너

도 나도 빨리 찰나적으로, 즉흥적으로 눈앞의 현실을 헤쳐 나
가기 바쁜 상황이죠.

이 사회 전체 경향도 그렇고 교육까지도 그런 바람에 학생들
자체도 그런 현실에 대한 개념이 없는 것 같아요. 7, 80년대 대
학생들은 너무 현실에 빠져 버렸다면 요즈음 학생들은 너무 현
실에서 붕 떠 있는 것 같습니다.

최 변화가 급격해지니까 더욱 민감해지는 것 같지만 사실은
큰 변화를 바라보는 시각이 둔감해지는 것이죠.

이 인터넷 시에서는 더러 그런 경향들이 나타나고 있죠?

최 누군가도 그렇게 얘기했지만, 인터넷 이용자 중에는 제대
로 무얼 좀 생각해보겠다는 신중한 사람들도 있지만 소위 과격
파들도 있습니다. 디지털적 문화의 이면에서 이 문화를 컨트롤
하고 문화의 방향성을 가늠하는 사람들이 올바른 방향을 제시
할 수 있느냐 없느냐가 우리의 미래를 좌우하는 관건이죠.

이 그렇죠. 패러다임도 있어야 되고 시스템도 있어야 되고, 리더쉽도 있어야 되고…….

최 지금은 비전과 전망이 없잖아요, 좌충우돌만 있지. 제가 역사의식이 필요하다는 것이 바로 이것 때문이죠. 이런 혼란의 시대일수록 역사의식이 필요한 것이란 말입니다. 그리고 그것을 향해서 힘을 모아야 한다는 것입니다. 힘이 모이지 않으니까 혼란 속에 더 빠져드는 것이죠.

이 달라진 환경에 대한 첨예한 역사의식이나 현실분석이 나타나고, 거기에 맞추어서 새로운 패러다임이나 세계관이 나타나고, 그에 따라서 시스템이 바뀌어야 되고, 그런 것들이 선행이 되면서 시에서도 시 정신이 제대로 심어지고 교육으로 바꾸어지고 이런 것들이 연이어 일어나야 할 것 같습니다.

최 우리가 생각해보아야 할 것은 잘 산다는 것이 과연 무엇인가라는 것입니다. 자기가 사는 방법에 대한 확신이 있어야 하는데, 요즘에는 사람들이 정해놓은 어떤 것을 소유하기 위해서, 그러기 위해서 보다 많은 물질과 보다 많은 권력을 소유하기 위해서 너도 나도 광란의 질주를 한다는 것이죠. 중요한 것은 욕망을 축소함으로 해서 더 잘 살 수 있다는 생각도 가져야 되고, 그런 사람들이 많아져야 된다는 겁니다.

시창작과 평론에서의 불교의 위치

이 저도 지금 사회가 한마디로 말하면, 욕망을 하나씩 확대재생산하는 사회라고 생각합니다. 그런데 가장 큰 문제는 이제 확대할 여분이 없다는 것입니다. 예를 들어서 70년대만 하더라도 안양천의 공단에서 폐수를 버려도 안양천이 깨끗해서 1급수의 어종이 살 정도로 깨끗했습니다. 하루 수백 톤의 폐수가 버려진다 하더라도 안양천 스스로 자연 정화할 수 있는 양이 그 양을 넘어섰기에 폐수를 버려도 안양천이 항상 깨끗할 수 있었던 것이죠. 그런데 그 여분 이상으로 폐수를 버리니 안양천은 생물이 살지 못하는 곳으로 변하였습니다. 인류 사회나 한국 사회도 마찬가지라고 봅니다. 전에는 욕망을 확대, 재생산해도 남은 여분의 공간이 있었는데, 지금은 여분의 공간마저도 점유해버린, 그래서 결국은 이렇게 가다가는 인류가 굉장한 비극을 맞지 않을까 하는 우려를 하게 됩니다. 환경문제든 인간끼리의 욕망에 의한 권력욕이든 전쟁의 상황이든 경우의 수는 여러 가지겠죠. 그런 것을 막기 위해서는 제가 볼 때에는 선생님 말씀대로 욕망을 확대해서 과잉의 행복을 찾는 삶보다는 욕망을 축소해서 행복한 삶으로 전이하는 것이 필요하다고 봅니다. 타인의 욕망을 점유하지 않으려는 데에서 행복을 추구하고, 연기론을 따라서 자기 밖의 자연이든 타자든 그들과 공존하려고 하는 불교 철학이 대안의 패러다임이 될 수 있다고 봅니다. 선생님의 경우에도 『법구경』의 한 구절이 젊은 시절 선생님의 삶에 커다란 전기를 마련하였다고 들었습니다. 또 당대의 문학 이론뿐만 아니라 동서양 철학을 다 아우르는 철학이 담겨 있는 평론이 선생님의 글의 특성이라 할 수 있습니다. 불교가 선생님의 시나 평론에서 차지하는 위치에 대해서 말씀해주시죠.

최 사실 저는 고등학교 때만 하더라도 산문(山門)에 들어가 수도자가 되고 싶은 마음이 있었어요. 용기가 없어서 결단하지 못했다고 할 수도 있고, 정규학교 다니면서 시를 좀더 공부해보는 것이 좋지 않겠나 하는 생각 때문에 결단하지 못했을 수도 있죠. 고교 초년생 시절에는 철학이나 역사에 관심이 많았어요. 스스로 해결하지 못한 고민이 많아 책도 많이 읽었지요.

그런데 어느 가을날 한용운 선생 시를 암송하는 것을 듣다가 굉장한 감동을 느꼈습니다. 무언가 창조적인 것이 가슴을 스치고 갔어요. 그래서 이 쪽으로 방향을 바꾸어야겠다는 생각을 하게 되고, 조지훈 선생이 계시던 고려대로 오게 되었습니다.

지금 현재 20세기가 마감되고 21세기 초두에 벌어지고 있는 것이 미국의 대이라크 전쟁 아닙니까? 이것이 소위 기독교 세력과 이슬람 세력의 대충돌이란 말입니다. 그 이전에 불교가 탄생해서 중국으로 전파되는 과정을 보면, 노장과 불교의 문화적인 대충돌이 있지 않습니까? 그 결과로 중국 선불교가 탄생했지만. 그러나 이슬람이나 기독교는 유일신 신앙이기 때문에 서로 극한적으로 충돌할 수밖에 없어요. 십자군 시대에도 그랬고, 결국 이 두 종교는 이기든 지든 어느 하나를 선택할 수밖에 없는 그런 충돌로 치달릴 수밖에 없는 종교이지요. 그러니까 서로 상극의 관계, 배타적인 관계에 있는 것이죠. 이슬람적인 사고를 기독교 쪽에서는 인정하지 않고, 기독교적인 사고를 이슬람 쪽에서는 인정하지 않는 것이죠. 저는 이 갈등을 해결하는 대안이 불교에 있다고 봅니다. 기독교나 이슬람은 상극의 종교이지만 불교는 상생의 종교죠. 그러니까 두 종교와 불교는 서로 패러다임이 다른 것이죠. 불교의 화쟁이나 자비정신, 그리고 인간을 바라보는 시각으로 볼 때, 불교가 결국은 인간 전체를 끌어안을 수 있는 상생의 종교라는 겁니다. 그래서 불교적인 패러다임이 인류의 영적인 문제를 해결할 수 있는 실마리가 되지 않겠는가? 그것이 전부다 하면 지나침으로 인해 반발이 일어나겠지만, 달라이라마 같은 분이 세계적인 종교 지도자로서 존경받는 이유도 그런 데에서 오는 것이 아니냐는 것이죠. 결국은 인간 마음의 문제입니다. 인간이 스스로 자기 마음을 어떻게 규정하느냐 하는 것이 중요하다는 것입니다. 궁극적으로 인간이 뭐냐 하는 인간의 본성을 새롭게 규정할 때에만, 또 이 규정이 인류사를 조정할 수 있는 능력을 가질 때에만 인류는 지구에서 번영할 수 있을 것입니다.

만해의 사상과 위치

이 그런 면에서 보면 만해 선생의 시와 사상이 오늘날에 시사하는 바가 많다고 봅니다. 선생님께서 만해를 생명의 원천을 노래한 시인으로 평가하셨는데, 만해 한용운 선생이 우리 시사(詩史)에서 갖는 위치라든가 시의 특색을 어떻게 생각하고 계시는지에 대해서 말씀해주시죠.

최 제가 이번 학기에 새롭게 개설하려고 준비하고 있는 과목 중의 하나가 〈현대시와 선시〉입니다. 대부분이 서양의 사조 속에서 현대시를 보려고 하는데 저는 우리의 전통적인 것들 속에서 우리 시를 보려고 하거든요. 그 원천은 신라시대 향가로부터 오는 것이고, 그 분기점, 그러니까 현대시로 전환하는 분기점에 만해 선생이 있습니다. 거기서 한 걸음 나아오면 조지훈 선생이 있다고 보죠. 만해 선생 이전에는 더 전통적인 방법으로 오도의 경지를 보여 준 분이 바로 경허 스님 같은 분들이죠. 그래서 저는 우리 불교라는 것이 사실은 어떻게 보면 세속과 결탁된 점도 때로 있었지만, 신라시대의 원효나 의상, 고려시대의 지눌, 조선조 시대의 서산이나 사명 같은 분들이 이어온 이 맥이, 일본 불교나 다른 나라의 불교에서는 볼 수 없는, 정신사의 광맥이 폭발하는 것 같은 그런 힘을 갖고 면면히 계승되어 왔다고 봅니다. 만해의 경우에도 중국이나 일본과는 다른 한국 불교적인 전통의 바탕 위에서 한국인의 마음 속에 있는 독특한 정서를 표현해 왔다고 봅니다. 잘 모르지만 선이라는 것이 백척간두에 서 있는 정신 아니겠습니까. 이렇게 백척간두에 서 있는 정신이란 우리가 처음에 말한 세속주의나 물신주의를 단칼에 끊어낼 수 있는 아주 첨예한 정신이거든요. 또 그것을 지켜가기 위해서 온

갖 수행을 하는 것이고요. 그런 정신이 살아있을 때만이 우리도 제 길을 갈 수 있는 것이고. 만해 선생의 시「알 수 없어요」마지막 부분에 보면, 모든 것을 알 수 없다고 의문을 던진 다음 마지막에 그런 시행이 있지 않습니까? '그칠 줄 모르고 타는 나의 가슴은 누구의 밤을 지키는 약한 등불입니까' 라고 할때 그 '약한 등불' 이라고 하는 부분이 아주 매력적인 부분이라고 생각합니다. 이것은 우주의 어두움 또는 지상의 어두움 속에 작은 등불이 하나 켜져 있는데, 이 등불은 식민지 시대의 어두움은 물론이고 인간의 마음 속에 들어있는 그 어두움도 밝혀주는 그런 등불입니다. 그런데 이 등불은 약한 것이기는 하지만, 그칠 줄 모르고 타고 있기 때문에 누구도 꺼트릴 수 없는 것입니다. 그것은 정신적인 것이기도 하고 생명의 불씨이기도 한 것입니다. 그런 의미에서 그 불씨라는 것은 향가 또는 그 이전부터 전해내려 오던 우리 전통의 맥을 이은 것이며, 이게 켜져 있으니까 새로운 지표로 삼아 나아 갈수 있는 그런 상징성을 지닌 불빛인 것이죠.

이 화엄식으로 읽으면 그것이 하나의 등불이 아니라 우주의 삼라만상, 곧 전체가 되는 등불이 아닐까요.

최 일즉다 다즉일(一卽多 多卽一)이죠. 이 하나가 전체이기도 하고, 전체가 하나이기도 합니다. 아주 상징적인 등불이 켜져 있는 것이죠. 1926년 시집『님의 침묵』을 간행할 당시에 그분의 그런 불이 마음 속에 켜져 있었기 때문에 자신의 신념을 끝까지 지킬 수 있었지, 만약 그 등불이 꺼져 있었다면 그분도 나중에 일제의 유혹에 넘어갈 수도 있었고, 훼절할 수도 있었겠죠.

이 선생님께서 만해를 평할 때 시의 음악성을 살린 면을 높이 평가하셨습니다. 선생님께서는 시와 음악이 하나였던 전통이 무너지고 현대시에 와서 시가 음악성을 잃어버린 것을 지적하셨는데, 만해의 시에서는 그런 음악성이 살아있다든지 또 만해 시가 갖는 의식이 당시의 국제사회의 현실을 직시하고 우리의 역사적 지평을 열어 보였다고 하는 것도 함께 말할 수 있을 것 같습니다만.

최 만해 스님의 시에 대해서는 여러 가지 시각이 있죠. 이것이 산문체시 아닙니까?『님의 침묵』은 구어체로 되어 있어서 소리내어 읽으면 마치 충청도 사람의 느린 말씨와 어조를 느낄 수가 있죠. 만해 스님의 경우에는 깊은 사유가 들어있으니까 아주 가벼운 노래로까지는 나아가지 못했어요. 한국 근대시를 노래로 만들어준 사람은 소월이죠. 그러나 시의 흐름을 더 거슬러 가면 결국은 노래적인 것을 만납니다. 시가 노래로 나아갈 때 노래로 된 시는 날개를 달고, 국경을 넘어설 수 있는데, 시의 단계에서는 아직 지상에 발붙이고 있는 것입니다. 앞으로는 국경을 넘어서려면 노래가 필요한데, 얼마전부터 우리가 시라고 하면 활자문화로 인쇄된 것만 생각하거든요. 그런데 사이버상에 구현된 문화는 소리와 동영상이 동시에 나올 수 있고, 활자문화의 틀을 던져버립니다. 아주 구체적인 예를 들어보면 제가 사람들과 더불어 〈시사랑송회〉 운동을 하거든요. 시가 노래를 지향하고 시가 사람들의 생활 속에 살아 있어야 된다는 생각에서 하는 운동인데, 시인 열 명이 시를 읽고 난 다음 한 사람의 가수가 노래를 부르면 한 사람의 노래만 남아요. 고대 가요 같은 것도 다 이 악보 속에서 살아남은 것들 아닙니까? 그 배경에는 아마 수천 편의 시가 있었을 것입니다. 향가도 아마 「도솔가」 같은 것은 그랬을지도 모른다는 생각이 드는데, 음악이 있고, 음악이 연주되고 아마 많은 사람들이 노래로 불렀을 것입니다.

디지털 시대의 시의 방향

이 결국은 디지털 사회란 것도 어떤 면에서는 위기이기도 하고 어떤 면에서는 가능성이기도 한 것 같습니다. 그래서 기성 사회가 네트워킹 한다든가 영상과 문자를 결합한다든가 구술성을 되살린다든가 이런 것은 가능성일 수도 있겠죠. 반면에 욕망과 소비를 과도하게 추구한다든지 하는 것, 풀장 안에서 헤엄치기처럼 정해진 시스템 안에서 인간들이 조작하고 조작당하는 모습, 영화 〈매트릭스〉에서처럼 가짜와 현실, 환상과 현실이 뒤바뀌는 그런 면에서는 상당히 부정적인 것 같습니다. 선생님께서는 디지털 시대에서 시가 나아갈 길에 대해서도 통찰력을 보이셨습니다. 구술성을 배제한 현대시는 텍스트에서 벗어나지 못한다고 하시면서 그 구술성을 회복하는 것이 디지털 시대 새로운 시가 나아갈 방향이라고 말씀하셨는데, 구체적인 디지털 시대의 시의 방향이라고 할까요, 운동이라고 할까요, 그런 점에 대해서 좀 말씀해주시죠.

최 문학사의 서두를 보면 작자가 불명인 구비문학이라는 것이 있지 않습니까? 다음에 필사본 문학이 있고 활자문화로 이어지는데, 우리의 시는 노래적인 전통을 상당히 최근에까지 계승해 왔습니다. 이것을 단절시킨 것이 활자문화이고 서양문화의 시각에서 우리는 이러한 노래적 전통을 촌스럽다고 몰아 붙였죠. 디지털 시대라는 것이 만들어진 게임 속에서 이루어지는 것인데 사람들은 스스로 그 속에 속박당하면서 굉장히 개성이 있다고 생각하고 멋 있다고 생각합니다. 그렇게 착각하는 것이죠. 이럴 때 그것이 착각이라는 자의식을 갖게 만들고 자기 각성을 하게 해주는 것이 뭐냐? 저는 이것이 시적인 감각과 사고라고 생각합니다. 예를 들면 동화 속에 나오지 않습니까? 임금이 발가벗고 나왔는데 신하들은 아무도 벌거벗었다고 말을 못해요. 그런데 임금의 행차를 보던 한 소년이 '임금님이 발가 벗었어'라고 말하는 것, 그런 천진한 심성을 갖는 것 그것이 시적인 감성이고 사고라는 것이죠. 그런 사람만이 남들이 획일화되었을 때 그 획일화를 쫓아가지 않고, 그 획일화를 비판하고 새로운 무엇을 창조할 수 있죠. 오히려 디지털적인 위기가 올수록 창의적인 것은 더 필요하지요. 디지털적인 것도 저는 이렇게 봅니다.

반면에 창의적인 것이 나오지 않고 소비적인 것만 나오면 그러한 사회의 미래는 암울합니다. 새로운 무엇이 나오지 않으니까. 욕망을 제어할 것도 줄일 것도 없어요, 그러면 다 파괴되고 말죠. 그러니까 이것을 비판해야 하고 그런 사회의 선두에 서 있어야만 우리 사회가 살아날 수 있는 것입니다. 일종의 발상 전환이죠. 모두가 한 방향만을 따라가지 않고, 창의적으로 방향을 전환하는, 상투적인 상황을 깨뜨리는 것, 그런 것이 시적인 것입니다.

이 한국 언어 자체가 시적인 표현에 알맞지 않습니까?

최 우리말이 시어로서 부족한 것이 아니냐 하는 그런 말이 나오니까 지용이 이미 30년대에 절대 그렇지 않다고 단언한 바 있음을 말해 두고 싶습니다. 그리고 지용은 자신의 시 속에서 한국어의 다양성을 보여 주었잖아요. 그 시대에 비하면 지금 한국어의 어휘 수나 역량이라는 것은 정말 비교할 수 없을 정도로 엄청난 에너지를 가지고 있죠. 지금 우리가 우리 것에 대해 너무 긍정적으로 생각하다 보면 자기도취에 빠지기도 하겠지만, 20세기 후반부 역사를 통해서 볼 때에 우리는 전세계에 충분히 우리의 창의적 역량을 보여주었다고 할 수 있습니다. 남들이 기대하지도 않았고, 우리도 예상 못했지만 2002년 월드

컵 때의 거리를 떠올려보면, 마치 단군 할아버지가 신시를 열었을 때같이 열광하지 않았어요? 우리 스스로 그런 힘을 내면에 가지고 있다고 생각하는 것과 스스로를 비관적으로 생각하는 것은 전혀 다른 결과를 가져옵니다.

이 저도 그런 동력이 한국인에게 있다는 것은 인정하는데, 그런 동력을 상극에서 상생으로 가게끔 해주는 시스템 자체가 아직은 미비한 것이 아닌가 생각합니다. 정치나 경제, 사회, 문화에 이르기까지. 그런 판들을 구체화하는 작업들이 또 무엇이 있을까요?

최 만해사상실천선양회의 〈만해마을〉 같은 것들도 그런 예증의 하나이죠. 저는 한국인의 마음 속에는 십시일반의 마음이 있다고 생각합니다. 구체적인 경험을 얘기하면 상계동 일대가 벌판이었던 1980년대 저는 가끔 자전거를 타고 그곳을 돌아보기도 했었는데, 어느날 추수 무렵 그곳을 지나가려고 할 때, 길가에 일하던 사람들이 잠시 쉬면서 막걸리를 마시고 있었습니다. 저는 그 사람들이 그렇게 막걸리를 마시고 있는 장면이 신기해서 보고 있었어요. 그런데 막걸리를 저에게 권하는 겁니다. 제가 이에 응하지 않고 바라보고만 있으니까 체면 때문에 그러는 줄 알고 자꾸만 권하는 거예요. 제가 먹고 싶어서 보고 있는 줄 알고 자꾸 권하던 할머니의 따뜻한 시선이 제 뇌리에 상당히 강하게 남아 있습니다. 그런 것이 한국인의 마음이 아닐지. 저는 그런 훈훈함이 아직도 한국인의 마음 속에 있다고 봅니다.

이 저는 다만 공동체적인 역동성은 살리되, 한국 사회가 전체주의가 아닌 다양성을 지향해야 한다는 전제가 필요하지 않은가 생각합니다. 21세기에는 문화적인 전체주의가 정치적 전체주의와 함께 지양이 되어야 공동체적인 역동성이 제대로 발현되고 그것이 소기의 효과도 거둘 수 있다고 봅니다.

최 충분히 공감이 갑니다. 아까는 얘기가 조금 미진했습니다만, 우리 한국 사회가 얼른 보면 모노크롬의 세계 아닙니까? 하지만 자세히 보면 그 나름의 다양성을 갖추고 있어요. 큰 나라들, 중국이나 미국이나 인도, 그리고 일본 같은 곳을 가보면 우선 그 나라 풍토의 다양성이 우리를 압도해요. 우리가 처음 외국인을 보면 다 비슷해 보이지요. 그것을 구분하는데 몇 달 걸립니다. 그런 것처럼 우리가 심사숙고하면서 우리의 다양성을 본다면 그런 것들이 보이고 그런 것들의 내적인 힘이 발현되지 않겠습니까? 사회 전체가 획일화되지 않도록 전체를 균형 잡아주는 다양성의 발현이 새로운 시대의 중요한 동력이 되었으면 좋겠다는 것에는 저도 공감하고 동의하는 바입니다.

21세기 사회의 조망과 한국 예술의 나아갈 길

이 마지막으로 선생님께서는 시 평론을 중심으로 하셨지만, 문화 비평가라고 할 정도로 문화와 시대에 대한 통찰이 돋보이는 그런 비평을 해오셨는데, 21세기 사회 전체에 대한 조망을 하는 가운데서 문학 또는 한국 예술이 나아갈 길에 대해서 마지막으로 정리해주시죠. 21세기 사회에 대해서 아딸리적인 통찰도 있을 것이고 아니면 포스트모던주의자들이 보는 통찰도 있을 것이고, 아니면 재현의 위기라고 보는 시각 등 여러 가지 시각이 있을 것인데, 선생님께서는 21세기에는 어떻게 될 것이다, 그 때 문학이나 한국 문학과 예술이라는 것이 어떠한 방향성을 가져야 한다고 생각하시는지? 당위적인 목표나 비전, 현실적인 당위성 등등에 대해서 말씀해 주시죠.

최 시에 대해 먼저 말문을 열자면, 제가 정지용의 시의 특징은 산수시에 있다고 보지 않았습니까? 산수시라는 것이 인간과 자연을 분리하지 않는 상상에서 비롯된다는 특징이 있거든요, 동양적인 산수시는 자연 속에 동화되고 하나가 되고 소위 제가 말하는 '비분리의 시학' 이죠. 서양은 아리스토텔레스의 시학입니다. 대상화시키고 분리시켜서 타자화하는 것이죠. 반면에 우리의 시학은 동학의 인내천(人乃天)이라는 것도 그러하지만 소위 평등주의입니다. 그런 면에서 산수시에서 생태시 쪽으로 나아가는 시적인 패러다임에서 이 위기를 해결하는 하나의 방안이 나오지 않을까 합니다. 생태시 쪽으로 나아갈 때 문학과 역사의 지평이 열린다고 생각합니다. 종전의 문학에서 세계라고 하는 것은 작품 속의 세계라는 것이었거든요. 생태문학 이후에는 세계라는 것이 지구 전체의 문제가 된단 말입니다. 지구 전체가 문제가 되면, 문학의 문제만이 아닌 인류사 전체의 문제가 되는 것이지요.

인간이 복제가 된다든가 하는 것에서 보듯이 지금과 같은 방식으로는 결국에는 인류는 파국을 맞이하고 말 것입니다. 핵폐기장 같은 경우에도 그렇지만 아직은 인간이 만든 과학기술이라는 것이 완전하지는 않죠. 전자산업에서 나오는 폐기물은 눈에 보이지는 않지만 산업사회의 폐기물보다 훨씬 위험하다고 보고되고 있습니다. 그래서 위험의 정도는 더 심각해져 가죠. 유전자 공학도 그렇고, 광우병 같은 것이 실례가 되죠. 우리가 먹고 있는 콩 같은 것도 대부분 유전자 조작된 수입품입니다. 식품의 상당 부분이 그렇고. 그런 경향이 점점 가속화되고 있는 것이죠.

앞으로 내장도 갈아 끼우고 육체의 일부분을 기계로 대체해 가는 그런 시대가 오겠죠. 그러다가 보면 오늘날 개념의 인간이라고 하는 것이 결국은 달라져 버리겠죠. 그러니 욕망을 절제하고 분노를 억제하고 파괴를 억제하는 지혜가 나와야 되고, 그래서 인간이 신을 구원하고 인간이 영적인 것을 신뢰할 때 그것이 인간이지, 그것을 넘어서 버리면 〈매트릭스〉적인 사회가 되어버린단 말이예요. 〈매트릭스〉를 보면 새로운 형태의 시도는 좋지만 거기에는 제가 생각하는 의미의 미래나 철학이 없습니다. 철학이 없는 것은 인간에 대한, 생태 문제 등이 고려되어 있지 않기 때문입니다. 그 지점에서 불교적인 사유가 필요하고, 불교적인 사유의 배경이나 자각이 없을 때 사람들의 삶은 참 공허해질 것이라 봅니다.

제가 80년대 10여 년 간 평론을 많이 썼는데 그래도 10여 년 지속되지 않았습니까? 그런데 요즈음 평론가들은 자기 이름을 가지고 있을 시간이 없어요. 나타났다 사라졌다 나타났다 사라졌다 하다가 몇 년 지나면 다 없어져버리죠. 허무하죠. 누구든지 처음 글을 쓰기 시작하면 잡지나 신문에 자기 이름도 나오고 그런 것에서 기쁨을 느끼는 것 아닙니까? 김동리라든가 하는 1세대 문인들은 해방 후를 포함해서 그 이름이 한 50여 년을 갔어요. 우리 세대는 10여 년이었고, 그런데 요즈음은 3, 4년 하다가 사라져버려요. 요즘 대학생들이 학번 단위로 세대 차를 느낀다고 하는 것처럼.

그런 시대일수록 중심을 찾아야 한다고 생각합니다. 중심에 대한 통찰, 동요의 괴로움을 느끼고 중심을 잡아나가는 그런 사람들이 많아져야 합니다. 그런 사람들이 많아질수록 우리 사회가 중심을 잡아나가는데 도움이 됩니다. 그런데 모두가 서로 자기가 중심에만 있겠다고 고집하게 되면 오히려 중구난방의 사회가 되어버립니다. 그것이 우리가 처한 오늘의 현실입니다.

이것을 헤쳐 나가는, 방향 전환을 가져다 줄 수 있는 것은 우선 시인들의 자기 각성입니다. 시인들조차 부화뇌동하고 있는 현실에서, 시인들 스스로가 먼저 각성을 해야 하는 시점에 와 있고, 그렇지 못하면 시도 같이 부화뇌동하게 되는 상황이 되리라 전망할 수밖에 없습니다.

이 오랜 시간 동안 수고하셨습니다. 주옥과 같은 좋은 말씀 감사합니다.

(《유심》 2004년 봄)